Henri-Dominique Lacordaire

**Das Testament des Pater Lacordaire**

Eine Selbstbiographie

Henri-Dominique Lacordaire

**Das Testament des Pater Lacordaire**
*Eine Selbstbiographie*

ISBN/EAN: 9783743415089

Hergestellt in Europa, USA, Kanada, Australien, Japan

Cover: Foto ©Raphael Reischuk / pixelio.de

Manufactured and distributed by brebook publishing software (www.brebook.com)

Henri-Dominique Lacordaire

**Das Testament des Pater Lacordaire**

Das

# Testament des Pater Lacordaire.

Eine Selbstbiographie

herausgegeben

von dem **Grafen von Montalembert**.

Aus dem Französischen übersetzt

von

**Dr. Magnus Jocham.**

Zum Besten des Bonifaziusvereins.

**Freiburg im Breisgau.**
Herder'sche Verlagshandlung.
1872.
**Strassburg:** Agentur von **B. Herder**, 15, Domplatz.

Buchdruckerei der Herder'schen Verlagshandlung in Freiburg.

# Vorwort des P. Lacordaire.

Ich möchte kurz und einfach Einiges von meinen Erlebnissen schreiben, in der festen Ueberzeugung, daß diese Erzählung manchen Seelen, und insbesondere dem religiösen Orden von Nutzen sein kann, den ich in meinem Vaterlande wieder herzustellen das Glück hatte[1]. Das ist, wie mir scheint, der Punkt, um den sich die Berufung Gottes, die an mich erging, und alle Umstände meines privaten und öffentlichen Lebens drehen. Die göttliche Vorsehung hatte mich zu ihrem Werkzeuge bei dieser Wiederherstellung bestimmt, die in das künftige Loos der aus fast allen katholischen Ländern vertriebenen religiösen Orden eingriff. Darum war ich schon lange vorher dafür zubereitet worden, und wenn ich meine Kinderjahre und meine Jugend, die Prüfungen und die Segnungen, meinen ganzen Lebenslauf vor meinem Geiste vorüberziehen lasse, so

---

[1] Lacordaire wollte seinen Memoiren den Titel geben: „Bericht über die Wiederherstellung des Dominicaner=Ordens in Frankreich." Montalembert wählte den Titel: „Testament des P. Lacordaire".

glaube ich darin die sichern Anzeichen zu erkennen von dem, was Gott von mir wollte und was er mir die Gnade erwiesen hat, zu vollbringen. Aus diesem Grunde beschränke ich mich in dieser Schrift, so kurz sie ist, nicht strenge und ausschließlich auf einen Bericht von der Wiederherstellung des Dominicaner-Ordens, sondern habe es für nützlich, um nicht zu sagen für nothwendig erachtet, in Kürze eine Uebersicht über mein Leben, meine Gesinnungen und Gedanken damit zu verbinden. Der Leser wird hoffentlich in diesen vertraulichen Aufzeichnungen nicht die Eitelkeit eines Autors erkennen, der den Leser von seiner eigenen Person unterhalten möchte, sondern die Seele eines Christen, der seine Brüder zu erbauen, zu trösten und zu stärken trachtet.

Graf Montalembert berichtet über die Entstehung des von ihm herausgegebenen Werkes mit folgenden Worten:

„Am 29. September 1861 sah ich P. Lacordaire zum letzten Male. Er lag auf dem Bette, auf dem er einige Wochen später sterben sollte. Während der allzu wenigen Tage, die ich bei ihm zubringen konnte, drang ich in ihn, seine Erinnerungen zu sammeln, und sie nach seinem Diktate aufschreiben zu lassen, um so ein authentisches Zeugniß von den Bestrebungen und Ueberzeugungen, die sein Leben geleitet hatten, in einem Berichte zu hinterlassen, der in dieser Form sein religiöses und geschichtliches Testament werden könnte. Er hörte die Gründe, die ich zur Unterstützung meines Wunsches vorbrachte, stillschweigend an und versprach mir sodann, ihn zu erfüllen. Gleich am Tage nach meiner Abreise berief er den Bruder Adrian Seigneur [1], einen jungen Mönch seines Ordens, der ihm seit zwei Jahren als Sekretär gedient hatte, zu sich und fing

---

[1] Gegenwärtig Vicar an der Pfarrei St. Philippe du Roule zu Paris.

an, ihm zu diktiren, was hier dem Leser vorliegt. Er
setzte diese Arbeit mit jener Pünktlichkeit und Ent=
schiedenheit, die er in Allem beobachtete, fort bis zum
24. Oktober, wo die immer zunehmende Heftigkeit
seiner Leiden ihn nöthigte, einzuhalten, ehe er die
Aufgabe, die er sich gesetzt und deren Umfang und
Grenze er sich schon gezeichnet hatte, vollenden konnte.

„Er starb am 21. November (1861), ohne seine
Arbeit wieder aufnehmen zu können. Er war somit
verurtheilt, über die letzten zehn Jahre seines Lebens
zu schweigen. Allein was er uns hinterlassen hat,
reicht hin, um ein Denkmal zu begründen, das durch
seine Unterbrechung durch den Tod nichts verliert und
das alle Grundzüge eines Lebens enthält, welches
vielleicht das bewunderungswürdigste in unserem Jahr=
hunderte ist.

„Darum glaubte ich im Hinblick auf dieses ergrei=
fende Gesammtbild der Bestrebungen und Anschauungen,
welche beinahe die ganze Dauer seiner Pilgerschaft
auf Erden beherrscht haben, den mehr geeigneten Titel
„Testament" dem unvollendeten Werke geben zu
müssen, das er selbst mit einer bescheideneren und
kürzeren Benennung bezeichnet hatte.

„Ich habe die Originalhandschrift dieses Diktates,
die erste und einzige, die gefertigt wurde, zur Hand.
Es ist dieß nach meinem Urtheile eine Art Wunder=
werk. Es verräth keine Spur von einer sorgfältigen
oder mühevollen Arbeit, die in irgend einem Maße
zum Voraus überdacht und hernach noch einmal durch=

gesehen wurde. Der Sterbende ließ sich alle Tage das vorher Diktirte vorlesen, ehe er den Lauf seiner Erzählung wieder aufnahm; allein diese wiederholten Lesungen erweckten in ihm nie ein Verlangen nach irgend einer Abänderung. Zwanzig, dreißig, vierzig Seiten folgen ohne die geringste Spur einer Lesung oder einer Verbesserung. Man möchte es die vollkommen gelungene Originalstenographie eines in einem Gusse dahinlaufenden Vortrages nennen, welcher in einem Zuge gesprochen wurde von einem Redner, der weder die Zeit noch den Willen hatte, seine Worte noch einmal durchzusehen.

„Ich habe es schon anderswo gesagt und wiederhole es: Entstanden durch ein wahres Wunder sittlicher Kraft und diktirt mit unvergleichlicher Sicherheit und Schnelligkeit während der letzten Kämpfe seines irdischen Lebens, zeigen uns diese Blätter, von denen ein jedes vor oder nach heftigen Schmerzen vollendet wurde, seinen Stil in seiner Vollendung und seinem männlichen Geist gleichsam erhellt durch jenes entsetzliche Licht, welches man den Sterbenden anzündet. Man muß ihn gesehen haben, sagt sein Biograph Foisset, wie ich ihn gesehen, im Momente, wo er seinen bleichen Lippen diese wunderschöne Erzählung entströmen ließ. Man muß dieses, selbst seinen theuersten Freunden unkennbar gewordene Antlitz, diesen fast schon zum Leichname gewordenen Körper gesehen haben, um erfassen zu können, wie wunderbar der Contrast eines solchen physischen Verfalles mit

einem so glänzenden Vollbesitze der seltensten geistigen
Gaben war. Man wird nicht leicht ein anderes
Beispiel anführen können, wo die Uebermacht der
Seele über den Leib und der Sieg der sittlichen Kraft
über all' das Elend der Natur in diesem Maße
hervorleuchtet. Alles was man über P. Lacordaire
sagen kann, ist schon gesagt oder wird noch gesagt
werden in den Werken seines geliebten Schülers, des
P. Chocarne, und seines Jugendfreundes Foisset.
Ich meine: Alles, was man über einen Mann sagen
kann, ehe noch alle seine Zeitgenossen von dem Schau=
platze abgetreten sind: das Uebrige wird nachkommen,
wenn man den unverkümmerten Text seiner Briefe
veröffentlichen wird. Aber in Erwartung dieser letzten
Kundgebung und um für dieselbe einen Vorgeschmack
zu geben, ist es gut, ihn über sich selbst reden
zu lassen, wie er es auf seinem Sterbebette wollte.
Alle diejenigen, die ihn lebend gekannt haben, Alle
diejenigen, die ihn auch nur durch seine Werke werden
kennen lernen, werden gerne zugeben, daß er nie
etwas Vollendeteres gesprochen, nie etwas Vollen=
deteres geschrieben hat. Ich will keine Vergleichung
mit den Denkmälern unserer Literatur anstellen, aber
ich glaube sicher zu sein, daß unter denen meines
Jahrhunderts, das so reich ist an hinterlassenen Denk=
würdigkeiten und selbst an vertraulichen Mittheilungen,
die den Tod nicht abgewartet haben, um an's Licht
zu treten, uns nichts begegnen wird, was diesem
Epitaph gleichkäme, das auf den ersten Schlag für

die Ewigkeit eingegraben ist in Form einer vertrauens=
vollen und bescheidenen Berufung auf die Barmher=
zigkeit Gottes und auf die Gerechtigkeit der Nachwelt.

„Die in diesem Berichte enthaltenen Erörterungen
der großen Lebensfragen gleichen großartigen, für die
Religion wie für die Geschichte gleich kostbaren Ge=
mälden, in denen so wichtige und so wenig gekannte
Ansichten einer noch gar nicht fernen Vergangenheit
zusammengefaßt sind. Aber wer sollte daneben nicht
auch jene Naturscenen bewundern, die uns ein Ster=
bender hinzaubert, und die sich zu Landschaftsbildern
voll unvergleichlichen Reizes und Farbenglanzes ge=
stalten? Man fühlt es, wie diese Erinnerungen in
rührendem Einklang die majestätische Größe und Rein=
heit der ihm zur Gewohnheit gewordenen Gedanken
umrahmen. Man athmet dabei jene Ruhe, die bei
ihm stets jede Leidenschaftlichkeit, jede Bitterkeit, jede
Härte ferne hielt. Man schaut darin jene heitere
Schönheit, welche sogar in seinem Antlitze jener Her=
zensgüte zum Schmucke diente, worin er stets die
höchste Gabe und den siegreichsten Reiz der Seele
erkannte.

„Aber man wird vielleicht fragen, warum man
mit dieser Veröffentlichung zehn Jahre lang zögerte.
Diese Verzögerung hat zur ersten Ursache das früh=
zeitige Hinscheiden des Abbé Perreyve, dem P. La=
cordaire, als dem geliebtesten von. allen zuletzt ge=
wonnenen Freunden, alle seine Papiere vermacht hatte.
Als durch den letzten Willen dieses jungen Priesters,

der „in der Blüthe des Alters und der Jugend starb", das unschätzbare Manuscript mir zugefallen war, begann ich selbst zur Beute einer unheilbaren Krankheit zu werden. Lange Jahre des Leidens hatten mich dieses geheiligte Depositum aus den Augen verlieren lassen. Da ich aber hörte, daß Foisset eine vollständige Biographie Lacordaire's mit bedeutendern Auszügen aus diesem Berichte veröffentlichen wolle, glaubte ich, der Augenblick sei gekommen, denselben vollständig und ohne die geringste Aenderung oder Modification heraus= zugeben. Ich erfüllte diese Aufgabe mit heiliger Ehr= furcht, die sich nicht besser kundgeben konnte, als durch eine scrupulös treue Wiedergabe des Textes."

Diesem seinem Bericht über die Entstehung und Be= deutung unseres Werkchens fügt Montalembert in der Vorrede noch eine ausführliche Auseinandersetzung seiner persönlichen Anschauungen über kirchliche Ver= hältnisse der Gegenwart hinzu, die Lacordaire's Schrift nicht näher berühren. Wir wurden auf dieselbe durch Herrn Professor Janssen in Frankfurt aufmerksam gemacht und übergeben sie dem deutschen Publicum in einer Zeit, in der unsere öffentlichen Zustände, wie es immer mehr den Anschein gewinnen will, in dasselbe Fahrwasser hinein gerathen, in welchem Frankreich einem endlosen Jammer allmählich entgegen ging.

Es ist von Interesse und dient zur Belehrung, die ehrenhaften Kräfte, welche dem überhandnehmenden Verderben mit aller Entschiedenheit und mit Einsetzung ihres ganzen Wesens entgegenarbeiteten, näher kennen zu lernen. Der in Fesseln geschlagenen Kirche sollte ihre Freiheit zurückgegeben, der öffentliche Unterricht sollte von der verderbenvollen Zwangsjacke, in die man ihn gelegt, befreit werden. Beides wurde Schritt vor Schritt erreicht, allein die Gottlosigkeit hatte sich schon so tief in die Nation eingefressen, daß alle gewöhnlichen Mittel nicht mehr ausreichten, das drohende Unheil abzuwenden.

Außerdem ist es für Jeden, der ein inhaltreiches Menschenleben zu würdigen weiß, eben so anziehend als belehrend, das Referat eines wahrhaft großen Mannes über den Gang seines innern und äußern Lebens, über die ihm von Gott angewiesene Mission und über den Erfolg derselben zu vernehmen, und zwar so wie er es in den letzten Tagen seines Erdenlebens im Angesichte des Todes abgegeben hat.

Freising, in den Osterferien 1872.

**Magnus Jocham.**

# Erstes Kapitel.

**Die erſten Lebensjahre. Eltern und Geſchwiſter. Rechts-
ſchule. Seminar.**

Ich bin geboren am 12. Mai 1802 zu Recey, einem kleinen Marktflecken in Burgund, der am Abhange eines Hügels an einem Fluſſe liegt, der Ource heißt und mit andern Flüſſen in die Seine ſich ergießt. Weithin ſich erſtreckende Wälder umhüllen dieſen Flecken mit dichten Schatten und machen ihn zu einer ernſten Einöde. Die Abtei von Val-des-Choux, die Karthauſe von Lugny, ein Priorat der Malteſer, das prachtvolle Schloß Grancey waren die nächſten Nachbarn meines Geburtsortes und machten ihn zu einer viel bedeutendern Ortſchaft, als er heutzutage iſt; denn Ruinen ſtehen jetzt, wo vor meiner Geburt ein Sammelplatz von Leben, von Religion und einer gewiſſen Größe war.

Mein Vater war Arzt. Er ſtammte aus einer Familie, die ſeit langer Zeit in einem Dorfe des alten Herzogthums Langres, Namens Buſſières, anſäßig war. Daſſelbe hatte ſeinen Namen von den Wäldern, die es einſchließen und heißt zur nähern Bezeichnung „Buſſières-les-Belmont", wegen eines in nächſter Nähe darüber hervorragenden Berges, der eine bedeutende Höhe hat. Meine Mutter war die Tochter eines Advokaten am

Parlamente zu Dijon. Beide hatten im Monate März 1800 ihre Hochzeit gefeiert. Ich war der zweitgeborne Sohn. Von meinem Vater habe ich gar keine Erinnerung mehr. Er starb, nachdem er sechs Jahre in der Ehe gelebt hatte, im Jahre 1806 und hinterließ seiner Wittwe vier Knaben in einer zeitlichen Lage, die man weder als Wohlstand noch als Armuth bezeichnen kann, in der man gerade nur auf das, was Nothdurft und Anstand fordert, beschränkt war.

Meine persönlichen Erinnerungen beginnen erst aus meinem siebenten Jahre aufzudämmern. Zwei Erlebnisse aus dieser Epoche haben sich meinem Gedächtnisse eingeprägt. Meine Mutter führte mich in dieser Zeit in eine Vorbereitungsschule, in der ich die classischen Studien beginnen sollte. Auch begleitete sie mich zum Pfarrer ihrer Pfarrgemeinde, daß ich vor ihm meine erste Beicht ablegen sollte. Ich durchschritt den Chor der Kirche und traf in einer schönen, großen Sakristei einen ehrwürdigen, freundlichen und wohlwollenden Greis ganz allein. Es war dieß das erste Mal, daß ich in die Nähe des Priesters kam. Bisher hatte ich ihn immer nur am Altare in seinem Ornate und in den Wolken des Weihrauches gesehen. Dieser ehrwürdige Pfarrer war Abbé Deschamps. Er saß auf einer Bank und ich mußte vor ihn hinknieen. Was er mir und was ich ihm gesagt habe, weiß ich nicht mehr; allein dieses erste Begegnen meiner Seele mit dem Stellvertreter Gottes hinterließ einen reinen und tiefen Eindruck in meiner Seele. Nie bin ich später mehr in diese Sakristei der St. Michaelspfarrkirche zu Dijon gekommen, und nie habe ich in dieser mich aufhalten können, ohne daß ich mich meiner ersten Beicht erinnern mußte, und

ohne daß die Gestalt dieses lieben Greises und meine jugend=
liche, kindliche Einfalt vor die Augen meiner Seele ge=
treten wären. Die St. Michaelspfarrkirche selbst wirkte
auch ihrerseits zu dieser andächtigen Stimmung mit. Ich
habe sie auch später nie wieder ansehen können ohne eine
besondere erhöhte Stimmung, wie sie keine andere Kirche
in mir erwecken konnte. Meine Mutter, die St. Michaels=
kirche und meine Andacht in ihr im ersten Aufkeimen
meines religiösen Lebens bilden in meiner Seele gleich=
sam einen Bau, den ersten, den ergreifendsten und den
dauerhaftesten von allen.

In meinem zehnten Jahre erhielt meine Mutter für
mich einen Halbfreiplatz am Lyceum zu Dijon. Drei
Monate vor dem Schlusse des Schuljahres trat ich da=
selbst ein. Hier erreichte mich zum ersten Male die schwere
Hand des Schmerzes und trieb mich, indem sie sich recht
empfindlich auf mich legte, mit tiefinnerlicher, ernster und
ganz entschiedener Gewalt zu Gott hin. Meine Ge=
nossen behandelten mich vom ersten Tage an wie ihr Spiel=
zeug oder ihr Schlachtopfer. Ich konnte keinen Schritt thun,
ohne daß ihre Brutalität ein Mittel gefunden hätte, mich
zu treffen. Während mehrerer Wochen ward mir in ge=
waltsamer Weise außer Suppe und Brod jede andere
Nahrung entzogen. Um diesen feindseligen Mißhandlungen
zu entkommen, schlich ich mich, wo immer möglich, während
der Erholungsstunden in den Studiersaal und verbarg
mich daselbst gegen die Nachforschungen meiner Lehrer
und meiner Mitschüler unter einer Bank. Hier vergoß ich
ganz allein in meiner Schutzlosigkeit und Verlassenheit
von Allen heilige Thränen vor meinem Gott. Hier
opferte ich ihm meine jugendlichen Drangsale als eine

Opfergabe auf. Hier wendete ich mich hinauf zum Kreuze seines Sohnes mit einer Innigkeit, wie ich sie in der Folgezeit nie mehr erfahren habe.

Durch die Erziehung von einer frommen, entschlossenen und kräftigen Mutter war die Religion wie reine, süße Milch aus ihrer Brust in die meinige geflossen. Das Leiden gestaltete diese köstliche Milch in mannhaftes Blut um, machte sie zu meinem Eigenthume und weihte mich schon in meiner Kindheit gleichsam mit der Weihe des Marterthums. Meine Marter nahm ein Ende beim Beginne der Vakanz, und wiederholte sich auch bei Wiedereröffnung der Schule nicht wieder. Ich weiß nicht, war man satt geworden, mich zu plagen, oder hatte ich solche Nachsicht verdient durch Abnahme an Einfalt und Unschuld.

In derselben Zeit kam an das Lyceum ein junger Mann von vierundzwanzig oder fünfundzwanzig Jahren. Er war aus der Normalschule berufen worden, um eine der untern Klassen als Professor zu übernehmen. Obgleich ich nicht zu seinen Schülern gehörte, traf er mit mir zusammen und gewann mich lieb. Er bewohnte zwei abgelegene Zimmer der Anstalt. Man erlaubte mir, zu ihm zu gehen und einen Theil meiner Studierzeit unter seiner Aufsicht zuzubringen. Hier nun wendete er mir drei Jahre lang mit edler Uneigennützigkeit die beharrlichste Sorgfalt für meine wissenschaftliche Ausbildung zu. Obgleich ich erst Schüler der sechsten Klasse war, ließ er mich doch Vieles lesen und Tragödien von Racine und Voltaire vom Anfang bis zum Ende auswendig lernen; auch hatte er die Geduld, sie mich aufsagen zu lassen. Als Freund der schönen Wissenschaften suchte er auch mir einen Geschmack für sie einzuflößen. Als Mann von Rechtschaffenheit und Ehrenhaftigkeit bemühte er sich, mir Freundlichkeit, Züchtigkeit, Geradheit und Edelsinn einzupflanzen und das Aufbrausen meines ungelehrigen Wesens in gehörigen Schranken zu halten. Die Religion war ihm fremd. Er redete nie darüber, und auch ich beobachtete in dieser Beziehung ihm gegenüber tiefes Stillschweigen. Hätte ihm dieß kostbare Geschenk des Himmels nicht gefehlt, so hätte er für mich auch der Hüter meiner Seele sein können, wie er der gute Genius meines wissenschaftlichen und sittlichen Strebens gewesen. Allein Gott, der ihn mir als einen zweiten Vater und als einen wahren Lehrmeister zugesendet, hat in seiner providentiellen Zulassung gewollt, daß ich hinabsteige in die Abgründe des Unglaubens, damit ich einst den leuchtenden Pol des Lichtes der Offenbarung um so mehr zu würdigen im Stande wäre. Herr Delahaye, mein verehrter Lehrer, ließ mich den Abhang hinabgleiten, der meine Mitschüler weit von allem religiösen Glauben entfernte, allein er hielt mich fest auf den erhabenen Höhen der Wissenschaftlichkeit und der Ehrenhaftigkeit, welche er auch für sich zu den Grundvesten seines Lebens gemacht hatte. Die Ereignisse des Jahres 1815 haben mich allzufrüh von ihm getrennt. Er trat ein richterliches Amt an und ist zur Zeit Rath am Gerichtshofe zu Rouen. Ich besuchte ihn manchmal, und so oft ich meine glücklichen Begegnisse überdenke, drängt sich mir die Erinnerung an ihn auf.

Meine erste Kommunion feierte ich im Jahre 1814, in einem Alter von zwölf Jahren. Es war dieß meine letzte religiöse Freude und der letzte Sonnenstrahl aus der Seele meiner Mutter in meine Seele. Bald wurden die Schatten um mich herum viel dichter. Eine frostige

Nacht umgab mich von allen Seiten, und ich empfing von Gott kein Lebenszeichen mehr in meinem Gewissen.

Ich war ein mittelmäßiger Student. Keine Auszeichnung wurde mir im Verlaufe meiner frühern Studien zu Theil. Mit meinem geistigen Vermögen ging es abwärts wie mit meinem sittlichen Leben. Ich wandelte auf jenem Wege des Verfalles, der die Strafe des Unglaubens und das größte Unglück der Vernunft ist. Aber auf einmal, in der Rhetorik, begannen die wissenschaftlichen Keime, die Herr Delahaye in meinen Geist eingesenkt hatte, aufzublühen, und zahllose Prämien am Ende des Jahres dienten mehr, meinen Ehrgeiz aufzustacheln, als meine Bemühungen zu belohnen. Ein dürftiger philosophischer Curs ohne Umfang und ohne Tiefe war der Abschluß meiner classischen Studien. Ich verließ das Collegium in einem Alter von siebzehn Jahren, der Religion beraubt, mit einer Gesittung, welcher der religiöse Zügel fehlte\*), aber ehrenhaft, offen, äußerst strebsam, mit zartem Ehrgefühl, voll Liebe für die Poesie und alles Schöne, das menschliche Ideal des Ruhmes gleichsam als die Fackel meines Lebens unablässig vor den Augen meiner Seele. Daß es so gekommen, läßt sich leicht erklären. Nichts hatte unsern Glauben lebendig erhalten bei einer Erziehung, in welcher das Wort Gottes unter uns nur mit dumpfem Schall

---

\*) Die Sitten Lacordaire's waren in sofern zügellos, als sie nicht mehr durch den Zügel der Religion in Schranken gehalten wurden. Dieß ist auch Alles, was der Autor hier sagen wollte. Man wäre im Irrthum, wenn man daraus auf eine sittliche Verkommenheit schließen wollte, die nie Statt hatte. (Anmerkung des H. Foisset, des Zeit- und Studiengenossen von P. Lacordaire.)

ertönte, ohne Zusammenhang und Beredtsamkeit, während wir fortwährend mit den Meisterwerken und Heldenvorbildern des Alterthums verkehrten. Die alte Welt, von ihrer erhabenen Seite dargestellt, hatte uns begeistert für ihre vortrefflichen Eigenschaften. Die neue Welt, wie sie durch das Evangelium geschaffen ward, war uns ein unbekanntes Land geblieben. Die großen Männer der neuen Welt, ihre Heiligen, ihre Civilisation, ihre sittlichen und bürgerlichen Vorzüge, mit einem Worte: die Fortschritte der Humanität unter dem Zeichen des Kreuzes — dieß Alles war uns gänzlich entgangen. Von der Geschichte unsers Vaterlandes hatten wir kaum einen auch nur kümmerlichen Ueberblick, und dieselbe hatte uns ganz gleichgültig gelassen. Wir waren Franzosen von Geburt, aber nicht von Herzen. Trotzdem will ich damit nicht den Anklagen beitreten, die man in den letzten Zeiten gegen das Studium der classischen Autoren erhoben hat. Wir verdanken denselben den Geschmack für das Schöne, den Sinn für das Geistige, kostbare natürliche Tugenden, großartige Erinnerungen, eine edle Vereinigung mit denkwürdigen Charakteren und Zeiträumen. Allein wir waren nicht in solche Höhe hinaufgestiegen, daß wir den Giebel des ganzen Gebäudes, der Christus ist, erreicht hätten; und die Friese des Parthenon hatten uns noch die Kuppel von Sankt Peter in Rom verdeckt.

In die Rechtsschule zu Dijon aufgenommen, fand ich wieder das kleine Haus meiner Mutter und den unendlichen Reiz des häuslichen Lebens mit seiner Gemüthlichkeit und Bescheidenheit. In diesem Hause war durchaus kein Ueberfluß, sondern strenge Einfachheit, pünktliche Sparsamkeit, der Duft eines hinter uns liegenden Menschen-

alters, eine Art heiliger Würde, wie sie ausstrahlt von
den Tugenden einer Wittwe, einer Mutter von vier Kin=
dern, die sie, schon im Jünglingsalter, umgaben und
zu der Hoffnung berechtigten, sie werde ein Geschlecht von
ehrenhaften und vielleicht sogar hervorragenden Männern
hinterlassen. Nur lagerte sich eine trübe Wolke über dem
Herzen dieser gesegneten Frau, wenn ihr der Gedanke
kam, daß sie keinen einzigen Christen mehr um sich hatte,
und daß keiner ihrer Söhne sie zu den heiligen Ge=
heimnissen ihrer Religion begleiten konnte.

Was die Rechtsschule anbelangt, so fand ich da nicht
mehr das Collegium mit seinen schönen, der Literatur ge=
weihten Tagen, sondern es war ein mechanischer Unterricht
in den arithmetisch an einander gereihten Gesetzesartikeln,
ohne Rückblick auf die Vergangenheit, ohne eine Ein=
führung in die ewigen Tiefen des Rechtes, ohne alle
Berücksichtigung der allgemein verbindlichen Gesetze der
menschlichen Gesellschaft, kurz ein Unterricht, ganz ge=
eignet, juridische Handwerker herzurichten, aber ganz un=
tüchtig, große Rechtsgelehrte, hervorragende Gerichtsbeamte
und tüchtige Bürger heranzubilden. Glücklicher Weise
waren unter den zweihundert Studenten, welche diese
Vorlesungen besuchten, doch noch etwa zehn, deren Geist
über den Code=Civil hinaus drang, die mehr werden
wollten, als streitsüchtige Advokaten, und denen Vaterland,
Beredtsamkeit, Ruhm und Bürgertugend ein kräftigerer
Antrieb war, als die Aussichten auf gemeinen Reichthum.
Diese lernten sich gar bald gegenseitig kennen kraft jener
geheimnißvollen Sympathie, die das Laster mit dem Laster,
das Mittelmäßige mit dem Mittelmäßigen verbindet, die
aber auch die auf höherer Stufe stehenden und nach einem

edleren Ziele strebenden Seelen um einen und denselben Brennpunkt vereint. Fast alle diese jungen Männer dankten ihre natürliche Ueberlegenheit dem Christenthume. Obgleich ich nicht ihres Glaubens war, so wollten sie mich doch als einen der Ihrigen anerkennen, und bald fanden wir uns in unsern freundschaftlichen Cirkeln oder auf unsern weitern Wanderungen mit den höchsten Problemen der Philosophie beschäftiget. Angeregt durch diese geistige Bewegung höherer Ordnung, vernachlässigte ich, wie man sich leicht d.nken kann, das Studium des positiven Rechtes. Ich ward ein mittelmäßiger Student der Rechtswissenschaft, wie ich es auch als Schüler im Collegium nicht über die Mittelmäßigkeit gebracht hatte *).

Nachdem die Rechtswissenschaft absolvirt war, wollte meine Mutter ungeachtet ihrer bedrängten ökonomischen Verhältnisse mich dennoch am Gerichtshofe zu Paris meine Praxis nehmen lassen. Sie ließ sich dazu bestimmen durch die mütterlichen Hoffnungen, die sie bezüglich meiner hegte; allein Gott hatte andere Absichten, und so führte mich die Mutter, ohne es zu wissen, an die Pforten der Ewigkeit.

Paris blendete mich nicht. An ein thätiges Leben mit pünktlicher Ordnung und Ehrenhaftigkeit gewöhnt, lebte ich hier, wie ich in Dijon gelebt hatte, nur mit dem schmerzlichen Unterschiede, daß ich weder Mitschüler noch Freunde um mich hatte, sondern eine tiefe Einsam-

---

*) Die Noten, die am Lyceum zu Dijon und in den Jahrbüchern der juridischen Facultät aufbewahrt sind, verneinen dieses offenbar zu harte Urtheil, das hier P. Lacordaire über sich selbst fällt.

Freundschaft, ohne einen häuslichen Herd, der mir am Morgen eine Aussicht auf eine Freude am Abende eröffnet hätte. In so harter und vollständiger Abgeschlossenheit mußte ich natürlich Vieles leiden, allein dieses Alles lag in den Rathschlüssen Gottes über mich. Mühselig durchwanderte ich diese Wüste meiner Jugendzeit, ohne zu wissen, daß auch sie ihren Sinai, ihre Blitze und ihre Wasserquelle haben sollte.

Unmöglich kann ich angeben, an welchem Tage, zu welcher Stunde und in welcher Weise mein verlorner Glaube nach zehn Jahren in meinem Herzen wieder aufloderte gleich einer Fackel, die nie gänzlich ausgelöscht war. Die Theologie lehrt uns, es gebe noch ein anderes Licht als das Licht der Vernunft, und noch einen andern Antrieb als den der Natur, und dieß von Gott ausströmende Licht und dieser von Gott ausgehende Antrieb wirken, ohne daß man wisse, woher sie kommen und wohin sie gehen. Der Apostel Johannes sagt: „Der Geist Gottes weht, wo er will . . . . aber du weißt nicht, woher er kommt und wohin er geht". Joh. 3, 8. Am Vorabende noch ein Ungläubiger, war ich des andern Tages Christ, erfüllt mit unerschütterlicher Gewißheit. Und doch war es nicht eine Verläugnung meiner Vernunft, die sich so plötzlich in die Bande einer mir unbegreiflichen Knechtschaft geschlagen fand, sondern es war im Gegentheil eine Ausbreitung ihres Lichtes, ein Schauen aller Dinge unter einem erweiterten Horizont und in einer schärfern Beleuchtung. Es war auch nicht ein plötzliches Beugen des Charakters unter eine starke und starre Regel, sondern eine Entwicklung seiner Kraft durch eine Thätigkeit, die von höherer Abkunft ist als von der Natur. Endlich war es nicht eine Verläugnung der Freuden des Herzens, sondern ihre Fülle und ihr Höhepunkt. Der ganze Mensch war derselbe geblieben, nur Eines war mehr in ihm: Gott, der ihn geschaffen. Wer einen solchen Moment in seinem Leben nie kennen gelernt, der hat das Leben des Menschen noch nicht erkannt. Ein Schatten davon hat sich etwa ergossen in seine Adern mit dem Blute seiner Väter, aber die wahre Fluth hat ihren Strom nicht geschwellt und in Wallung versetzt. Es ist dieß die erfahrungsmäßige Erfüllung des Wortes Jesu Christi im Evangelium des heiligen Johannes: „**Wer mich liebt, der wird mein Wort halten, und mein Vater wird ihn lieben, und wir werden zu ihm kommen und Wohnung bei ihm nehmen**". Joh. 14, 23. Die zwei großen Bedürfnisse unsrer Seele nach Wahrheit und nach Seligkeit stürmen vereint auf das Innerste unsers Wesens ein; einander erzeugend, einander stützend, bilden sie da einen geheimnißvollen Himmelsbogen, der all' unsere Gedanken, all' unsere Empfindungen, all' unsere Tugenden, kurz all' unser Thun mit seinen Farben malt, zuletzt selbst unsern Tod, der in der Ferne sein Gepräge von den Strahlen der Ewigkeit empfängt. Jeder Christ kennt diesen Zustand mehr oder weniger, aber nie ist diese Gemüthsstimmung lebendiger und ergreifender, als am Tage der Bekehrung. Und darum kann man vom Unglauben, wenn er einmal überwunden ist, dasselbe sagen, was von der Erbsünde gesagt ist: Felix culpa — glückselige Verirrung!

Da ich einmal Christ geworden war, entschwand die Welt keineswegs meinen Augen, sondern sie erschien mir vielmehr in dem Maße größer, als ich selber größer wurde. Statt eines eiteln, vergänglichen Schauspiels von ge-

täuschten und erfüllten ehrgeizigen Bestrebungen sah ich
in ihr einen großen Kranken, der das Bedürfniß hatte,
daß man ihm helfe, ein hervorleuchtendes, unermeßliches
Mißgeschick, aus allem Unheil der Vergangenheit und der
Gegenwart zusammengesetzt, und ich konnte mir nichts
denken, das dem Glücke vergleichbar wäre, unter dem
Auge Gottes mit dem Evangelium und mit dem Kreuze
seines Sohnes der Welt zu dienen. Das Verlangen nach
dem Priesterthum ergriff mich als natürliche Folge meiner
eigenen Rettung. Dieß Verlangen war lebendig, glühend,
unbesonnen, wenn man will, aber unvertilgbar, und nie=
mals seit vierzig Jahren in den verschiedenen Wechselfällen
meines unabläſſig ſehr bewegten Lebens kam mir je ein
Gedanke der Reue darüber.

Ich mußte nicht, wem ich mich entdecken sollte, noch
was jetzt zu thun sei. Ich that endlich, was wohl das
Einfachste war, ich entdeckte meinen innern Zustand meinem
Gönner, Herrn Guillemin. Dieser führte mich zu Herrn
Borderies, dem Generalvikar von Paris\*). Dieser
führte mich sogleich zum Erzbischofe in seinem großartigen
Palaste, den ich dann durch eine Revolution zerstören sah.
Dieser Herr von Quélen nahm mich mit großer Güte
und Huld auf und fragte mich nach der Diöcese, der ich

---

\*) Derselbe wurde Bischof von Versailles im Jahre 1827
und starb im Jahre 1832. Er war ein liebenswürdiger Mann
und steht in heiligem Andenken. Es ist dieß derselbe, der zum
großen Bischof von Orleans am Tage nach seiner Ordination,
den 20. Oktober 1825, die Worte sprach: „Mein Sohn, ehe
man ein guter Priester sein kann, muß man ein
guter Christ sein, und ehe man ein guter Christ
wird, muß man ein ehrenhafter Mensch sein".

angehöre, und ob es nicht etwa mein Wunsch wäre, in die seinige überzutreten. Auf eine bejahende Antwort von mir sagte er, er werde an den Bischof von Dijon schreiben, und ich sollte es auch thun. Dann fügte er noch bei: „Sie haben bisher am Gerichtshofe Angelegenheiten von vorübergehendem Interesse vertheidiget. Sie werden in Zukunft eine Sache vertreten, deren Gerechtigkeit eine ewige ist. Sie werden finden, daß bei den Menschen über sie ein sehr verschiedenes Urtheil gefällt wird; allein über uns ist ein Cassationshof, wo wir endgültig gewinnen werden." Es war dieß das erste Mal, daß ich einen Bischof sah. Sein Palast sollte zerstört werden, seine Liebe gegen mich war unzerstörbar wie die Liebe eines Vaters.

Es blieb mir noch übrig, meiner Mutter hievon Nachricht zu geben. Furchtlos hatte sie mich mitten in die Abgründe einer großen Hauptstadt entlassen, denn sie wußte wohl, daß meine Ehre darin nicht zu Schanden gehen werde, allein sie hatte nicht vorausgesehen, welch eine große Gnade von Gott für mich daselbst bereitstünde. Der Gedanke, daß ich Christ sei, mußte für sie ein unaussprechlicher Trost sein. Der Gedanke, daß ich im Seminar sei, mußte sie mit um so heftigerem Schmerz erfüllen, als ich der Gegenstand ihrer ausgezeichneten Liebe war, und als sie für die Versüßung ihrer alten Tage immer auf mich gerechnet hatte. Sie schrieb mir sechs Briefe, in denen Betrübniß und Freude mit einander im Kampfe lagen. Als sie mich endlich unerschütterlich fest sah, gab sie ihre Zustimmung dazu, daß ich die Welt verlasse. Am 12. Mai 1824 führten mich Abbé Gerbet

und Abbé von Salinis in das Seminar von
Issy\*), das eine Filiale des großen Seminars in
Paris war und, wie dieses selbst, unter der Leitung der
Congregation von Saint-Sulpice stand. Man nahm
mich kalt auf. Daran waren vielleicht meine zwei Begleiter
Schuld, die als Anhänger des Abbé de Lamennais
bekannt waren. Ich machte mir nichts aus diesem Empfang.
Ich fühlte mich glücklich, nicht mehr die Weltluft athmen
zu müssen, und Brust und Herz erweiterten sich in Mitte
dieser lieblichen Landschaft, deren Hintergrund die wal-
digen Anhöhen von Meudon, Bellevue, Sèvres
und Saint-Cloud bildeten. Auf dem Lande geboren,
hatte ich eine Vorliebe für das Land immer bewahrt; und
weil ich den größten Theil meiner Schulferien zu Bus-
sières bei meinen nächsten Anverwandten zugebracht,
waren mir die Tage dieses Landaufenthaltes unauslösch-
lich in der Erinnerung geblieben. Issy rief mir diese
Lieblings-Wohnstätte meiner Kindheit und Jugendzeit wieder in die Erinnerung zurück, und hier blühte ich mit
meinen zweiundzwanzig Jahren auf in der Begeisterung
des von mir vollbrachten Opfers.

Indessen begannen jetzt bald die Tage der Prüfung.
Mein Abschied von der Welt war ganz plötzlich abgethan
gewesen. Ich hatte keine Zwischenzeit gehabt, um mich
einzuweihen in all' die Geheimnisse des christlichen Lebens

---

\*) Abbé Gerbet war gebürtig von Poligny (im Jura-
gebiet), Abbé von Salinis war gebürtig von Morlans
(in den obern Pyrenäen). Beide, in demselben Jahre (1798)
geboren, waren im Seminar Saint-Sulpice intime Freunde
geworden. Abbé Gerbet starb als Bischof von Perpignan,
Abbé von Salinis als Erzbischof von Auch.

und besonders in jenes demüthige, einfache, bescheidene Wesen, das ein junger Neuling als einen kostbaren Theil seines Schatzes an einen so geheiligten Ort, wie das Seminar es ist, mitbringen soll. Unter meinen neuen Lehrern traf ich gerade, fromme Männer, die jeder Intrigue und allem ehrgeizigen Wesen ferne waren. Einigen aus ihnen fehlte auch die Gabe des Wortes durchaus nicht, und es war im Ganzen genommen ein Kreis, der durch Talent und durch Tugend aller Ehre werth gewesen. Allein ich stach, ohne es zu wollen, von der ordinären Physiognomie ihrer Zöglinge ab. Im sichern Vertrauen auf die höhere Anregung, die mich zu ihnen geführt hatte, war ich nicht genug bemüht, das Ueberfprudelnde einer Intelligenz, die schon zu viel disputirt hatte, und eines Charakters, der noch nicht schmiegsam genug geworden, in gehörigen Schranken zu halten. Man war alsbald zur Hand, meinen Beruf anzuzweifeln. Man ließ mich zwei und ein halbes Jahr im Seminar, ohne mich zu den Weihen zu rufen. Es schien, man wolle meine Geduld ermüden und den nicht erkannten Beweggrund, der mich von dem zeitlichen Treiben zu Gott und aus dem Weltleben in die Wüste geführt hatte, entmuthigen. Zum Glücke blieb meine Beharrlichkeit ohne irgend ein Schwanken, und hinter mir war die schützende Hand des Herrn (Erzbischofs) von Quélen, ebenso fest als wohlwollend. Wäre er nicht gewesen, so hätte man mir nicht bloß die Weihen vorenthalten, man hätte mich geradezu als unfähig für den Priesterstand erklärt. Ein Zwischenfall machte diesem verworrenen Zustande ein Ende. Eines Tages kam mir der Gedanke, mich der Gesellschaft Jesu zu weihen, und ich machte wirklich schon Schritte, dahin zu gelangen. Herr von Quélen war dagegen, und auch die Congregation von Saint=Sulpice, aufgeklärt durch diese Kundgebung über den Stand meines Innern, ließ jetzt die Schranken fallen, die sie bis zu diesem Tage mir entgegengestellt hatte. Am 22. September 1827 legte mir Herr von Quélen in der Privatkapelle seines Palastes die Hände auf. Ich war nun Priester und trat wieder in die Welt ein mit dem unauslöschlichen Charakter eines Seelsorgers.

Der Erzbischof, der fortwährend ein wachsames Auge für mich hatte, wollte mir unter dem Klerus bei St. Magdalena und bei St. Sulpice eine Stelle anweisen. Allein er konnte es nicht dahin bringen. Darum brachte er mich in Erwartung anderer Verhältnisse, die ihm mehr Freiheit gewähren würden, als Kaplan in einem Kloster von der Heimsuchung unter. Es lag ganz verloren am äußersten Ende von Paris in einer jener engen krummen Gassen, in der Nähe des botanischen Gartens und des naturhistorischen Museums. Meine Mutter kam, um wieder bei mir zu bleiben, und ich lebte in einer weit größern Einsamkeit, als die während meiner Advokatenpraxis je gewesen war. Diese Vereinsamung hatte ihren Grund zum Theil in meiner Natur, zum Theile aber auch in der Richtung meines Geistes gegenüber den Ereignissen und Kämpfen meiner Zeit. Bei meinem Eintritte in Saint=Sulpice hatte ich die Anschauungen, die für jeden Christen frei bleiben, durchaus nicht aufgegeben. Ich war liberal geblieben, da ich Katholik wurde, und nichts von all' dem, was mich in dieser Beziehung von dem Klerus und von den Christen meiner Zeit unterschied, konnte ich je verheimlichen. In diesen meinen Ueberzeugungen fand ich mich allein, wenigstens war ich nie einem Geiste begegnet, der sie theilte. Das Ende der Restauration nahte heran. Die Sache des Christenthums, die an das Interesse der Bourbonen gefesselt war, lief dieselbe Gefahr wie sie, und ein Priester, der nicht dieser Fahne folgte, erschien den Gemäßigten als ein Räthsel, den Hitzigsten als ein Verräther. Die Einsamkeit gewährte mir Frieden, das Studium Ueberlegung, und diese war, wenn auch nicht ohne Traurigkeit, doch auch nicht ohne Muth und Würde. Meine Mutter wunderte sich darüber. Wohl wissend, daß mein ganzes Wesen für Liebe geschaffen ist, sagte sie mir manchmal mit einem Anfluge von Wehmuth: „Du hast ja keine Freunde". Ich hatte wirklich keine, und ich sollte auch keine haben bis nach jenen Ereignissen, die bestimmt waren, die Gestaltung der Welt und damit zugleich auch mein eigenes Geschick zu ändern.

Nach einem Jahre verband Herr von Quélen mit meiner unbedeutenden Stelle im Kloster der Heimsuchung auch die eines Hülfsgeistlichen am Collegium Heinrich IV.

Von den Fenstern dieses Collegiums aus gewahrte ich am 27. Juli 1830 die ersten Anzeichen jener Revolution, die sich eben vollzog, und hier vernahm ich den Donner der Kanonen, der ihre Thronbesteigung begrüßte. Am 29. Juli in der Frühe wollte ich eben in weltlichen Kleidern meinem Oheim, der in der Nähe von St. Magdalena wohnte, einen Besuch abstatten und auf dem Gange durch die Stadt mit eignen Augen sehen, wie es mit dem Kampfe zwischen dem Volke und der Regierung stand. Ich begab mich in die Vorstadt Saint=Germain, in der Absicht, auf der Brücke am Concordienplatze über die Seine zu gehen; allein je näher ich der Brücke kam, um so veröbeter fand ich die Straßen, und indem ich mit aller Vorsicht auf den Quai hinaustrat, erblickte ich auf der einen Seite in der Nähe des Palastes der Deputirtenkammer die Vorposten der königlichen Armee, und auf der andern Seite rings um den Louvre eine dichte Rauchwolke, die mich überzeugte, daß der letzte Sturm auf das Asyl des Königthumes im Gange war. Ich kehrte auf demselben Weg zurück und wollte weiter oben beim Justizpalaste über die Seine schreiten. Allenthalben auf meinem Wege begegnete ich den sichern Zeichen eines Volkssieges, offenen Pforten, unzähligen Volksmassen, gedrängten Haufen, und mitten durch diese unerhörte Bewegung eine Freude und eine Zuversicht, die sich zugleich mit der Menge durch die mit den Trümmern von tausend Kämpfen bestreute Straße ergoß. Auf dem Rückwege, ungefähr um drei oder vier Uhr Nachmittags, ging ich in dem Garten der Tuilerien an den blutigen Leichen einiger Soldaten vorüber, die für ihren König den Tod erlitten hatten. Die Tuilerien waren erobert von der Volksmasse, wie ich es achtzehn Jahre später wieder sehen sollte. Ich kam endlich nach Hause zurück, nachdem ich Augenzeuge gewesen eines der großen Weltereignisse, des Sturzes einer Dynastie, des Emporkommens einer andern, des Triumphes eines Volkes über eine tausendjährige Monarchie, des Sieges der Freiheit, die sich einer endlosen Herrschaft sicher wähnte, aller Träume einer bis in die tiefsten Fundamente erschütterten Nation, und selbst des Feuers der Schlacht mitten unter den Denkmälern, die der Friede errichtet hatte. Ich schlief ein, ohne zu ahnen, daß soeben mein eigenes Geschick unter der leitenden Hand der Providenz eine vollkommene Umwandlung erfahren hatte.

Ich bitte den Leser, mit mir einige Schritte rückwärts zu gehen.

## Zweites Kapitel.

### Abbé Lamennais und die Zeitschrift Avenir.

In der Ueberzeugung, daß meine priesterliche Laufbahn in Frankreich nie ohne Hemmung und Störung sein werde, hatte ich drei Monate vor Ausbruch der Revolution im Jahre 1830 den Entschluß gefaßt, in den Vereinigten Staaten von Amerika mir einen Wirkungskreis zu suchen, der mit der mich beherrschenden Gesinnung mehr in Einklang stünde. Sobald ich diesen Entschluß fest gefaßt hatte, kam mir der Gedanke, dem Abbé Lamennais mich wieder zu nähern und ihn in seinem Hause la Chesnaye in der Bretagne zu besuchen. Ich hatte ihn früher nur zweimal auf einige Augenblicke gesehen; aber er war ja doch der einzige große Mann der Kirche Frankreichs, und die wenigen Geistlichen, mit denen ich in näherem Verhältnisse stand, waren seine Freunde. Angekommen in Dinan, wanderte ich allein auf unsichern Fußsteigen durch die Waldungen, und nachdem ich mehrmal den Weg mir hatte weisen lassen, stand ich plötzlich vor einem einsamen und düstern Hause, dessen geheimnißvolle Berühmtheit durch kein Geräusch gestört wurde. Dieß war La Chesnaye. Abbé Lamennais, der durch einen Brief von meinem Besuche bei ihm und von meiner Verehrung gegen ihn Kunde erhalten hatte, nahm mich mit großer Herzlichkeit auf. Ich fand bei ihm

den Abbé Gerbet, seinen vertrautesten Schüler, und
noch ein Dutzend junger Männer, die er unter dem Schat=
ten seines Ruhmes gesammelt hatte als ein kostbares
Samenkorn für die Zukunft seiner Ideen. Tags darauf
zu früher Stunde ließ er mich in sein Zimmer rufen,
um daselbst die Vorlesung von zwei Kapiteln einer philo=
sophischen Theologie, die er eben bearbeitete, mit anzuhören.
Das eine handelte von der Trinität, das andere von der
Schöpfung. Diese zwei Kapitel waren im Allgemeinen
und im Besondern ihres Gedankengangs die Grundlage
seines Werkes. Ich hörte die Vorlesung mit Staunen an.
Seine Erklärung der Trinität schien mir eine verfehlte
zu sein und seine Erklärung der Schöpfung noch mehr.
Nach dem Essen begab man sich in eine Waldlichtung,
wo diese jungen Leute ganz ungenirt und seelenvergnügt
mit ihrem Meister spielten. Am Abende versammelte
man sich wieder in einem alten Saale, der ganz schmucklos
eingerichtet war. Abbé Lamennais nahm in halb=
liegender Stellung auf einem Kanapee Platz, Abbé
Gerbet setzte sich an das andere Ende, und um beide
herum lagerten sich die jungen Leute im Halbkreise. Die
Unterredung und die ganze Unterhaltung rochen etwas nach
Götzendienst, wie ich dergleichen nie gesehen hatte. Dieser
Besuch, der mich in mehr als einer Beziehung in Staunen
setzte, zerriß dennoch das Band nicht, das mich soeben
aufs Neue an den berühmten Schriftsteller geknüpft hatte.
Seine Philosophie hatte nie völlig von meinem Verstande
Besitz genommen; seine absolutistische Politik hatte mich
immer abgestoßen; seine Theologie hatte soeben in mir die
Furcht erweckt, daß sogar seine Orthodoxie nicht fest stehe.
Allein es war zu spät. Nach achtjährigem Zögern gab

ich mich, wenn auch ohne Begeisterung, doch mit freiem Willen einer Schule hin, die bisher weder meinen Geist noch mein Herz hatte befriedigen können. Dieser falsche und fast unerklärbare Schritt war entscheidend für meine künftige Stellung.

Auch nach der Revolution vom Jahre 1830 hielt ich noch fest an meinem Gedanken, mich nach Amerika zu begeben. Ich hatte schon eine Reise nach Burgund gemacht, um von meinen Verwandten und von einigen alten Freunden aus der Rechtsschule Abschied zu nehmen. Zu Dijon erhielt ich einen Brief von Abbé Gerbet, mit der Nachricht, Herr de Lamennais gehe entschieden auf die Ereignisse ein, die sich soeben vollzogen hätten, und treffe Vorbereitungen zur Gründung einer Zeitschrift, welche bestimmt sei, für die Kirche ihren Antheil an den für das Land von nun an erworbenen Freiheiten in Anspruch zu nehmen. Er redete mir im Namen seines Meisters zu, ich sollte Frankreich ja nicht verlassen und mich den Mitarbeitern an einem zugleich katholischen und nationalen Werke anschließen; denn davon lasse sich die Freiheit für die Religion, die Wiedervereinigung der Geister und in Folge dessen eine Erneuerung des socialen Lebens erwarten. Diese Nachricht erfüllte mich mit der innigsten Freude und einer Art Berauschung. Sie rechtfertigte in meinen Augen die fast unbegreifliche Annäherung, die zwischen mir und Abbé Lamennais stattgefunden hatte.

Lamennais hatte sich losgesagt von jenen absolutistischen Lehren, welche die öffentliche Meinung von sich wies. Auf einen Schlag umgewandelt, sah ich in ihm nur noch den Vertheidiger jener Ideen, die mir immer so theuer gewesen, und von denen ich nie gewagt hätte zu

hoffen, daß Gott denselben solchen Vorschub leisten und
sie so glanzvoll kundgeben werde. Man beachte wohl: es
handelte sich nicht um ein rein menschliches und patriotisches
Werk, sondern um eine religiöse Unternehmung. In meiner
Jugendzeit betrachtete ich die liberale Frage unter dem Gesichtspunkte des Vaterlandes und der Humanität. Ich wollte
mit der Mehrzahl meiner Zeitgenossen den endgiltigen
Triumph der Principien vom Jahre 1789 durch Ausführung und Befestigung der Verfassung vom Jahre 1814.
Darum drehte sich Alles. Die Kirche betrachteten wir nur
als ein Hinderniß. Es kam uns nicht in den Sinn, daß
auch sie das Bedürfniß fühlen könnte, ihre Freiheit zu fordern und von dem gemeinsamen Erbe auch ihren Antheil
an den neuen Rechten in Anspruch zu nehmen. Als ich
Christ wurde, öffnete sich mir dieser zweite Gesichtspunkt.
Mein Liberalismus umfaßte jetzt die Kirche zugleich mit
dem Vaterlande. Die bürgerlichen Kämpfe wurden mir
jetzt um so peinlicher, weil ich zwei Sachen in einem einzigen Kampfe zu vertheidigen hatte — zwei Sachen, von
denen es schien, daß sie in unversöhnlicher Feindschaft sich
gegenüber stünden und nie ein Wort der Versöhnung hören
würden. Da trat plötzlich Lamennais auf, und man durfte
die Hoffnung hegen, er werde Frankreichs O'Connell
werden und nach glorreichen Kämpfen die Emancipations-
Acte zu Stande bringen, die kurz vorher die Bemühungen
und das Haupt des großen Befreiers gekrönt hatte. Dasselbe Ziel, ähnliche Mittel, das gleiche Talent verbanden den
Mann von Irland und den Verfasser des „Versuches
über den Indifferentismus." Allein Lamennais
stand weit größern Schwierigkeiten gegenüber als O'Connell. Dieser hatte eine ganze Nation hinter sich. Lamen-

nais hatte in seinem Gefolge nur eine kleine Schaar, die sein Geist und seine ausgezeichneten Eigenschaften sich allmählich gebildet hatten. O'Connell war immer derselbe geblieben, liberaler Patriot und Christ. Lamennais dagegen begann im Jahre 1814 seine Laufbahn als strenger Royalist, als Mitarbeiter an der Zeitschrift Conservateur, als absolutistischer Lobredner des Königs Ferdinand des Siebenten von Spanien, als Ultramontaner mit dem Rufe eines Fanatikers — all das im Gewande einer abstrusen Philosophie, welche das Recht der Vernunft zu läugnen schien. Die Beständigkeit der Ueberzeugung wird zu allen Zeiten eine der geachtetsten Waffen und das Merkmal eines klaren Geistes bei einem großen Charakter bleiben. Wäre Lamennais im Jahre 1818, als der erste Band seines "Versuches über den Indifferentismus" erschien, derselbe gewesen, der er im Jahre 1830 geworden, sein Buch hätte nicht, Dank den Royalisten, gleichsam über Nacht eine solche Berühmtheit erlangt. Langsam hätte er seinen Weg zum Ruhme zurückgelegt. Er hätte sich allmählich an die Prüfungen und Schläge gewöhnt, an dieses Kreuz, das schon vor Christus stets die Höhen der Menschheit gekrönt hat. Er hätte dann seiner Zeit auch den letzten Stürmen die ganze Stärke einer in Leiden nicht minder als im Ruhme herangereiften Seele entgegengehalten. Da hätte er das Vertrauen seiner Zeitgenossen sich gewonnen und wäre in weit höherem Grade als Chateaubriand das lebendige Bild der mit der wahren Freiheit vereinten wahren Religion geworden. Die Zeitschrift "Avenir" hatte übrigens auch ihre Fehler. Sie hob die Einschränkungen ihrer Ansichten nicht bestimmt genug hervor und gab sich durch das Uebersprudelnde der

Sprache den Anschein, sich auch in den Gedanken bis zum Uebermaß zu versteigen. Wie alles Irdische, so hat auch die Freiheit ihre Schranken. Was die Presse betrifft, — so kann sie nie das Privilegium zu beschimpfen, zu verlästern, zu verleumden und Unsittliches zu verbreiten in Anspruch nehmen. Was das religiöse Gewissen betrifft, so kann dieß nie verlangen, daß den schmachvollsten Leidenschaften des menschlichen Herzens öffentliche Tempel erbaut werden. Handelt es sich um das Verhältniß zwischen Kirche und Staat, so können diese zwei Gesellschaften nie gänzlich von einander getrennt, dürfen aber auch nicht bis zur Sclaverei an einander gekettet werden. Die Zeitschrift „Avenir" war mit all diesen Vorbehalten einverstanden, allein sie verhüllte dieselben vielfältig unter einem Phrasenschwulst, durch welchen die jungen Mitarbeiter ihre Unerfahrenheit bloßstellten. Sie nahm aber auch gegen die aus dem Jahre 1830 hervorgegangene Regierung eine zu aggressive, um nicht zu sagen, leidenschaftliche Stellung ein. Diese Regierung mißachtete allerdings die von den Katholiken geforderten Rechte. Sie wollte die ehernen Pforten, welche durch eine Menge von Ausnahmsgesetzen zum Verderben der Katholiken waren geschmiedet worden, gänzlich über ihnen schließen. Dieß war eine arge Verirrung. Hätte Louis Philipp, dem Beispiele seines Ahnherrn Heinrich IV. folgend, den Katholiken ein Freiheitsedict gewährt, wie dieser für die Protestanten ein Toleranzedict erlassen hatte, so hätte er wahrscheinlich seine Dynastie fest begründet, statt ihr vor dem gesunden Verstand und in den Augen der Christen furchtbare Feinde zu erwecken. Allein Louis Philipp war weder als Mann, noch als König, noch als Parteihaupt im Stande, sich auf diesen Stand-

punkt zu erheben. Heinrich IV. hatte dem Charakter
seiner Zeit gemäß einen vielleicht nur schwankenden Glau=
ben, allein derselbe war doch nicht gänzlich erloschen. Louis
Philipp, ein Kind des achtzehnten Jahrhunderts, hatte
weder in seiner Verbannung noch in seinem Glücke Gott
kennen gelernt. Heinrich IV. hatte es begriffen, daß
ein König keinen Theil seiner Unterthanen preisgeben dürfe,
und daß er das Höchste, was der Geist und das Recht for=
dern, allen gewähren müsse. Louis Philipp glaubte
nach seiner Thronbesteigung nur Feinde um sich zu haben,
welche er, anstatt durch Billigkeit sie zu versöhnen, nur
durch bösen Willen niederhalten müsse. Heinrich IV. hörte
an dem Tage, an welchem er über die niedergeworfenen
Barrikaden in Paris eingezogen war, sogleich auf, das
Haupt einer Partei zu sein. Louis Philipp kannte in
der Nation nie etwas Anderes, als das Geldbürgerthum,
das ihm zur Krone verholfen hatte, und er hielt beharrlich
fest an den Vorurtheilen und Leidenschaften, von denen
ihn der Sieg hätte frei machen sollen.

Das Alles war unläugbar. Allein weit besser hätten
wir gethan, wenn wir in einer weniger herben Sprache
unsere Klagen ergossen, und wenn unser Stil mehr die
christliche Milde, als die Ausgelassenheit der Zeit ge=
athmet hätte.

Ungeachtet dieser Fehler und ungeachtet ihres Leiters
machte die Zeitschrift „Avenir" ein außerordentliches Auf=
sehen. An ihr waren in gewissem Sinne zwei Generationen
betheiligt, die ältere, durch Lamennais und Abbé
Gerbet vertreten, und die jüngere, unter der Monta=
lembert und ich als die hitzigsten Kämpfer galten. Die
Abonnentenzahl überstieg nie zwölf Hundert, zur Hälfte

Priester, zur Hälfte Laien. Sie ersetzten aber durch ihre begeisterte Hingabe an das Blatt die erwünschte größere Zahl. Actien oder Subscriptionen im Betrage von achtzigtausend Francs dienten zur Gründung dieser Zeitschrift. Eine gleiche Summe wurde für das ausgehungerte Irland zusammengebracht, als wir für dasselbe die öffentliche Hülfe anriefen. Später machte es uns ein Fonds von zwanzigtausend Francs noch möglich, die sogenannte „Agentur zur Vertheidigung der religiösen Freiheit" zu gründen. Nun rührte sich die Regierung und die öffentliche Meinung. Vor die Assisen gestellt, wurden wir, Lamennais und ich, zur allgemeinen Ueberraschung freigesprochen. Später vor die Pairskammer gefordert, unter der Anklage, ohne Autorisation eine Schule gegründet zu haben, ließen wir in den Hallen des Palais Luxembourg eine Sprache ertönen, die dort fremd war. Der durch den Tod seines Vaters herbeigeführte frühzeitige Eintritt des Grafen Montalembert war der Grund, warum wir vor diesen hohen Gerichtshof gezogen wurden. O'Connell hatte in Irland einen weit heftigeren Sturm erregt, allein unsere Sache, die mit der seinigen ganz gleich war, drang über die Grenzen unseres Landes hinaus, und namentlich hat Belgien die Grundzüge unserer Gedanken in seine Constitution aufgenommen.

Allein diese ganze Bewegung entbehrte der nothwendigen breiten Grundlage. Sie hatte sich viel zu schnell und zu hitzig gemacht, als daß sie sich auf die Dauer hätte erhalten können. Ein anhaltender Erfolg setzt immer voraus, daß die Wurzeln sich im Verlaufe der Zeit in die Geister einsenken konnten. Zwar war O'Connell uns vorangegangen, allein Frankreich mußte so gut wie nichts von ihm, und wir kamen dem Klerus, der Regierung und den Parteien vor wie ausgesetzte Kinder ohne Vorfahren und ohne Nachkommen. Es war ein Sturm, der aus der Wüste kommt, nicht ein fruchtbarer Regen, der die Luft erfrischt und das Land erquickt. Darum mußte man nach einem dreizehnmonatlichen täglichen Kampfe auf den Rück= zug denken. Die Fonds waren erschöpft, der Muth wan= kend und die Kraft selbst durch übermäßige Anstrengung geschwächt.

An demselben Tage, da dieser Entschluß gefaßt war, begab ich mich in der Frühe in das Zimmer des Herrn de Lamennais und stellte ihm vor, wir könnten ja doch nicht in dieser Weise abschließen, wir müßten uns nach Rom begeben, um unsere gute Absicht zu rechtfertigen, unsere Ansichten zu unterwerfen und durch diesen auffallen= den Schritt unsere Redlichkeit und Rechtgläubigkeit zu beweisen. Dieß würde uns für alle Zeit und unter allen Umständen Segen bringen und unsern Feinden die Waffen aus den Händen reißen.

Auf diesen Vorschlag hätte Lamennais mir entgegnen sollen: Mein Lieber, daran ist nicht zu denken. Rom ist nicht gewohnt, über Meinungen zu entschei= den, die Gott den Menschen auszustreiten über= lassen hat, zumal über Meinungen, die sich auf die nach Zeit und Ort so veränderliche Politik beziehen. Haben Sie etwa gehört, O'Connell sei nach Rom gegangen und habe sich mit dem Papste be= rathen? Oder ist etwa der Papst bei dieser furchtbaren Bewegung, die sich im Namen der nationalen und der religiösen Freiheit in Irland erhoben hat, dazwischen ge= treten, um sie zu leiten, oder ihr ein Ende zu machen? Durch=

aus nicht. Rom hat geschwiegen, und O'Connell hat dreißig Jahre lang gesprochen. Wir können nicht thun wie er, denn wir haben nicht wie er eine von demselben Geiste beseelte Nation hinter uns. Aber wenn wir uns jetzt vom Kampfplatze zurückziehen, so wird auch unser Schweigen nicht ohne Kraft und Würde sein. Die Zeit war uns nicht gewogen. Lassen wir sie verlaufen. Unsere Ideen werden Wurzeln schlagen in den Gemüthern. Da werden sie die besonnene Form gewinnen, die wir ihnen zu geben nicht vermochten. Und einst, vielleicht in kurzer Zeit, wir mögen es erleben oder nicht, wird man unser Werk neu aufleben sehen aus seiner Asche. Schulen werden ungehindert sich öffnen. Ordensleute werden sich ansiedeln in allen Städten unseres Landes. Provincialconcilien werden gehalten werden, und die Feindseligkeit des ganzen Landes gegen uns wird sich umwandeln in jenes Wohlwollen, das für alle göttliche und menschliche Wirksamkeit allezeit nothwendig und das die wahre Pforte zu jeglicher Freiheit ist. Deßhalb braucht man nicht nach Rom zu gehen. Schon unsere Niederlage wird unsere Feinde zwar erfreuen, aber sie auch um eine bedeutende Triebkraft ärmer machen. Und je vollständiger sie ist, desto schneller wird vielleicht der Tag aufgehen, an dem Alles, was wir gewollt, sich verwirklichen wird. Schweigen und Leiden sind freilich weniger glänzende Waffen als Reden; allein sie haben wie dieses ihre Kraft aus der Ewigkeit.

Allein statt dieser Antwort, welche die eines Weisen gewesen wäre, stimmte Lamennais sogleich in meinen Vorschlag ein und sprach: „Ja, wir müssen nach Rom."

Dieser Entschluß wurde in der letzten Nummer der

Zeitschrift „Avenir" angekündet mit der Unterschrift aller Redacteure, und zwar in einer pomphaften Weise, wobei die Zusicherungen unserer Unterwerfung eine eigenthümliche Mischung bildeten mit den letzten Anklängen unseres journalistischen Selbstgefühles. Wir machten uns auf den Weg, Lamennais, Montalembert und ich, wie drei im Kampfe zu Boden geschlagene Krieger, die dem väterlichen Dache zueilen, um dort von ihren Kämpfen auszuruhen.

## Drittes Kapitel.

Reise nach Rom. Zwistigkeiten und Trennung.

Wir kamen am drittletzten Tage des Jahres 1831 in Rom an. Nach einigen wenigen Besuchen, welche Lamennais mit uns bei alten Freunden machte, wo uns schon eine sehr kühle Aufnahme die allgemeine Stimmung der Gemüther in Beziehung auf uns deutlich bekundete, betrieben wir eine Audienz beim Papste.

Gregor XVI. verlangte von uns, ehe er die Audienz gestattete, eine Denkschrift, die ihn über unsere Anschauungen und Absichten aufklären könnte. Ich ward von meinen Gefährten mit Fertigung derselben beauftragt. Gregor XVI. las dieselbe mit Aufmerksamkeit und Gewissenhaftigkeit. Darauf gab er Erlaubniß, daß wir ihm durch den Cardinal Rohan vorgestellt wurden. Die Aufnahme war von Seite des Papstes wohlwollend. Allein er redete auch nicht ein Wort von der Angelegenheit, die uns nach Rom geführt hatte. Einige Wochen später kam der Sekretär des Cardinal Pacca zu uns und überbrachte uns ein Schreiben von seinem Herrn. Ich brachte es sogleich Herrn de Lamennais, der noch im Bette lag. Dieses Schreiben erklärte seinem wesentlichen Inhalte nach, „der heilige Vater lasse unsern guten Absichten Anerkennung widerfahren; wir hätten uns mit äußerst delikaten Fragen befaßt, ohne dabei die erwünschte Mäßigung zu beobachten,

Man werde diese Fragen wohl erwägen. Wir könnten indessen wieder heimgehen. Dort werde man uns seiner Zeit die Entscheidung zur Kenntniß bringen."

Diese Antwort war, so schien es wenigstens mir, eine ehrenvolle, und obwohl sie eine Entscheidung in Aussicht stellte, schloß sie doch die Vermuthung nicht aus, daß man keine geben, sondern es der Zeit überlassen wolle, unsere Persönlichkeiten, Lehren und Handlungen unter ihren Fittigen zu bergen. Uebrigens hatten wir rückhaltlose Unterwerfung unter das erste Wort des Papstes feierlich versprochen, und dieser Gehorsam war nun um so nothwendiger, weil man nichts Bedeutendes von uns verlangte.

Herr de Lamennais war nicht derselben Ansicht. Er las den Brief des Cardinal Pacca mit großer Gleichgiltigkeit und erklärte mir, er werde in Rom bleiben und daselbst die uns versprochene Entscheidung abwarten. Ich eilte in das Zimmer Montalemberts und fand ihn geneigt, dem Beispiele unsers gemeinsamen Meisters zu folgen. Nach meinem Gefühle war dieser Entschluß ein unseliger. Er war unsern Zusicherungen entgegen, mußte den heiligen Vater betrüben und konnte ihn zu Maßregeln der Strenge nöthigen, an die er noch gar nicht gedacht hatte.

Nach einigen Tagen peinvoller Berathung kam ich zu der Ueberzeugung, ich sei es mir selber schuldig, mich nicht für das haftbar zu machen, was ich als einen großen Fehler erkannte, und ich reiste am 15. März 1832 ganz allein nach Frankreich ab, voll trübseliger Ahnungen und nach einem traurigen Abschiede. Herr de Lamennais war nicht an Widerspruch gewöhnt, und eine Meinungsverschiedenheit galt ihm fast als Verrath. Montalem=

bert, in noch junger Freundschaft mit mir vereint, war verletzt, als er sah, daß meine Vernunft stärker war, als meine Liebe zum Freunde.

Nach meiner Rückkehr lebte ich in Paris, wo ich mich keinem Menschen mittheilen konnte, mehrere Monate in Ungewißheit und Resignation dahin. Endlich um die Mitte Juli erfuhr ich, Lamennais habe Rom verlassen mit der Ankündigung, er werde die Zeitschrift „Avenir" wieder fortsetzen, und weil man ihm eine Entscheidung verweigere, erachte er sich frei von den Verpflichtungen, die er in dieser gerechten, aber nicht erfüllten Erwartung eingegangen. Dieß war ein dritter Mißgriff, noch schwerer als die beiden vorausgehenden — die Reise nach Rom und das längere Verbleiben in Rom. — Die Folgen dieses Mißgriffes sah ich voraus. Ich war nun in die Nothwendigkeit versetzt, entweder mit meinen bisherigen Kampfgenossen offen zu brechen, oder mit Widerstreben ihnen in das Verderben zu folgen, das sie sich selbst bereiteten.

Um dieser Nothwendigkeit zu entkommen, begab ich mich nach Deutschland, mit der Absicht, daselbst mich einige Monate verborgen zu halten. Ich wählte München zu meinem Aufenthaltsorte, aus keinem andern Grunde, als weil ich gehört hatte, daß man daselbst sehr billig leben könne. Allein die Vorsehung hatte andere Beweggründe, mich dahin zu senden.

Kaum hatte ich mich in einem Gasthofe einlogirt, da öffnete sich meine Thüre, und Montalembert stand vor mir. In München bringen gewöhnlich die Zeitungsblätter Tag für Tag die Namen und die Wohnstätten der Fremden in ihren Spalten. Beim Durchgehen eines solchen Zeitungs=

blattes hatte Montalembert von meiner Ankunft in München und von meiner Wohnung Kunde erhalten. Er führte mich zu Lamennais, der mich mit sichtbarem Groll aufnahm. Indessen hatte diese Begegnung etwas Feierliches. Die Rede kam in Fluß, und ich bemühte mich zwei Stunden lang, ihm darzuthun, wie vergeblich seine Hoffnung auf die Fortsetzung des „Avenir" sei, und welch einen Stoß er dadurch seiner Vernunft, seinem Glauben und seiner Ehre versetzen würde. Ich weiß nicht, wurde er durch meine Darlegung in seiner Ansicht erschüttert, oder machte meine mit Entschiedenheit ausgesprochene Lossagung auf ihn einen Eindruck. Er sagte mir zum Schlusse nur noch die Worte: „Ja, das ist wahr. Sie haben Recht gehabt."

Am andern Tage veranstalteten die Gelehrten und Künstler Münchens uns zu Ehren ein Banquet vor den Thoren der Stadt. Gegen das Ende des Mahles wurde Lamennais gebeten, auf einen Augenblick hinauszukommen, und ein Bote brachte ihm vom apostolischen Nuntius ein Paquet mit dem Siegel der Nuntiatur. Er warf einen Blick hinein und sah, daß es die Encyclica des Papstes Gregorius XVI. vom 15. August 1832 enthielt. Ein flüchtiges Durchlesen überzeugte ihn gar bald, daß es die Lehren des „Avenir" in einem keineswegs günstigen Sinne besprach. Sein Entschluß war sogleich gefaßt, und ohne die Tragweite des päpstlichen Erlasses genau zu prüfen, erklärte er uns beim Fortgehen mit leiser Stimme: „Soeben erhalte ich eine Encyclica vom Papste, die wider uns ist. Wir müssen uns ohne Zögern unterwerfen." Sobald er in seiner Wohnung angekommen war, schrieb er sogleich in einigen Zeilen, kurz aber ent=

schieden, einen Act der Unterwerfung, womit der Papst zufrieden gestellt war.

Gott hatte uns also in München zusammengebracht, um mit einander eine aufrichtige Unterwerfung unter den Willen des Papstes zu unterzeichnen, und zwar ohne jegliche Unterscheidung, ohne Vorbehalt, selbst ohne Verwahrung des Sinnes, in dem wir unsere Lehren verstanden hatten, und in welchem sie mit der theologischen Vorsicht, welche der Verfasser des päpstlichen Schreibens beobachtet hatte, in Einklang zu bringen waren. Später unter ganz andern Zeitumständen hat ein französischer Bischof anstatt unser die Aufgabe übernommen und ohne Anstand bewiesen, welch weiten Spielraum die Encyclica vom 15. August 1832 der Freiheit der Meinungen belasse*).

Wir kehrten mit dem beruhigenden Bewußtsein, für die Befreiung der Kirche und für ihre Aussöhnung mit dem öffentlichen Rechte unsers Vaterlandes gekämpft zu haben, nach Frankreich zurück, als Besiegte, aber zugleich auch als Sieger über uns selbst, von der Zukunft jene billige Beurtheilung erwartend, welche uns die Aufregung der Parteien versagt hatte. Das Opfer, das Lamennais gebracht, war weit größer als das unsere. Wir waren noch junge Männer, er war fünfzig Jahre alt. Er war Anführer, wir waren die ihm untergeordneten Krieger. Sein Ansehen war verdunkelt, wenn nicht ganz vernichtet. Aber das Beispiel Fenelons, das sich von selbst unsern Gedanken darbot, konnte ihn trösten und ihn überzeugen,

---

*) Es ist dieß Herr Parisis, Bischof von Langres, der in seinem Buche Cas de conscience i. J. 1847 diesen Gegenstand zur Sprache brachte.

daß selbst fortgesetzte theologische Irrthümer nicht unvereinbar sind mit dem fleckenlosen Rufe der Wissenschaft und der Tugend. Wäre Lamennais der guten Regung treu geblieben, der er in München gefolgt war, er hätte nicht zehn Jahre gebraucht, den ganzen Glanz seines früheren Ruhmes vollständig wieder zu erwerben. Er hätte schon durch die Macht seines Schweigens seinen Zeitgenossen imponirt, und die noch besser unterrichtete Nachwelt hätte seinem Andenken für alle Zeit einen Ehrenplatz eingeräumt. Montaigne hat den Ausspruch gethan: „Es gibt Niederlagen, die an Triumph mit Siegen wetteifern." Dieß große Wort gilt nicht minder von moralischen als von kriegerischen Niederlagen, und man darf nie müde werden, einzuschärfen, daß, so lange Ehre und Gewissen unversehrt sind, auch der Ruhm es ist.

Ich begleitete Lamennais mit Abbé Gerbet in die Bretagne. Als ich den einsamen Edelhof la Chesnaye jetzt zum zweiten Male betrat, glaubte ich zu ihm einen großen Geist zurückzuführen, der sich aus dem Schiffbruche gerettet, einen mehr als je verehrten Lehrmeister und ein Opfer jenes geheimnißvollen Mißgeschickes, das die Seelen über sich selbst erhebt, und, wie Bossuet sagt, jenes unnennbare Gepräge der Vollendung, welches das Unglück großen Tugenden verleihet, den Menschen auf die Stirne drückt.

Die Täuschung war groß, aber sie erfüllte meine ganze Seele, und noch heute kann ich nicht begreifen, wie Lamennais dem Glücksterne, den die Vorsehung ihm gesendet hatte, untreu werden konnte. Es bedurfte nicht einmal des Glaubens, um ihm zu folgen; die durch

Erfahrung in menschlichen Dingen aufgeklärte Vernunft hätte schon ausgereicht.

Bald kamen auch einige Lehrjünger des gefallenen Meisters wieder zu ihm nach la Chesnaye. Dieses Haus nahm seinen gewohnten Charakter wieder an, eine Mischung von Einsamkeit und Belebtheit. Allein wenn auch in den Wäldern dasselbe Schweigen und dieselben Stürme herrschten, wenn auch der Himmel der Bretagne keine Aenderung erlitten hatte, so stand es doch nicht ebenso im Herzen des Meisters. Die Wunde war frisch, und jeden Tag wurde das Schwert gerade von der Hand in ihr umgewendet, die es herausziehen und Balsam hätte auflegen sollen. Furchtbare Bilder durchzuckten immer wieder die friedenlose Stirne. Abgerissene und drohende Reden entströmten dem Munde, der ehedem die Salbung des Evangeliums verkündet hatte. Manchmal glaubte ich den König Saul zu sehen; allein keiner von uns hatte Davids Harfe, um den plötzlichen Ausbrüchen des bösen Geistes Ruhe zu gebieten. Von Tag zu Tag mehrte sich in meinem niedergeschlagenen Geiste die Angst vor unheilvollen Dingen, die ich herankommen sah. Endlich überstieg dieser herzzerreißende Anblick meine Kraft, und ich schrieb an Herrn de Lamennais nachstehenden Brief.

La Chesnaye am 11. Dezember 1832.

„Diesen Nachmittag werde ich la Chesnaye verlassen. Ich verlasse es, von Beweggründen der Ehre angetrieben. Ich trage nämlich die Ueberzeugung in mir, daß von nun an mein Leben wegen der Verschiedenheit unserer Ansichten über die Kirche und die Gesellschaft Ihnen nicht mehr von Nutzen sein könnte. Diese Verschiedenheit ist ungeachtet meiner aufrichtigen Bemühung, dem Gange Ihrer Anschauungen zu folgen, von Tag zu Tag eine größere geworden. Ich kann nicht glauben, daß während meiner Lebenszeit und selbst auch darüber hinaus in Frankreich oder in irgend einem Lande Europas die Republik Bestand gewinnen könne, und ich könnte mich nicht an einem System betheiligen, das die entgegengesetzte Ueberzeugung zur Grundlage hätte. Ohne meinen liberalen Anschauungen zu entsagen, begreife und glaube ich, daß die Kirche in der so tiefen Corruption der Parteien wohlerwogen findet, nicht so rasch zu Werke zu gehen, wie wir es gewünscht hätten. Ich achte die Anschauungen der Kirche und auch die meinigen. Vielleicht sind Ihre Meinungen richtiger und tiefer, und in Anbetracht Ihrer natürlichen Ueberlegenheit über mich darf ich daran nicht zweifeln. Allein der Mensch ist nicht bloß Verstand; und weil ich die uns scheidenden Ideen nicht aus meinem Wesen ausrotten konnte, so ist es billig und recht, daß ich einer Lebensgemeinschaft, bei der ich nur Vortheil, Sie aber nur eine Last hätten, ein Ende mache."

„Mein Gewissen verpflichtet mich hiezu nicht minder als meine Ehre; denn ich muß doch in meinem Leben Etwas für Gott thun. Was könnte ich aber hier, nachdem ich Ihnen nicht zu folgen vermag, Anderes thun, als Sie ermüden, entmuthigen, Ihren Plänen Hemmnisse in den Weg legen und mich selbst aufreiben?"

„Sie werden es erst im Himmel inne werden, wie viel ich seit einem Jahre gelitten nur durch die Furcht, Ihnen wehe zu thun. Sie allein habe ich im Auge gehabt bei all meiner Unschlüssigkeit, Verlegenheit und Launenhaftigkeit. Und wie hart auch in Zukunft meine Lebensstellung immer sein mag, so wird doch nie ein Seelenschmerz denen gleich kommen, die ich bei dieser Veranlassung empfunden habe."

„Ich verlasse Sie heute im Frieden der Kirche, höher stehend in der öffentlichen Meinung als je, so erhaben über Ihren Feinden, daß diese in Nichts verschwinden. Es ist dieß der geeignetste Moment, den ich wählen könnte, um Ihnen einen Verdruß zu bereiten, der Ihnen, glauben Sie es mir, viel größern ersparen wird. Ich weiß noch nicht, was aus mir werden wird, ob ich in die Vereinigten Staaten mich begeben oder in Frankreich bleiben werde und in welcher Stellung. Wo ich immer sein mag, werden Sie Beweise der Ehrfurcht und der Liebe erhalten, die ich Ihnen allezeit bewahren werde, und ich bitte Sie, dieses als einen Ausdruck derselben, der aus einem zerrissenen Herzen kommt, genehmigen zu wollen."

Ganz allein und zu Fuß verließ ich la Chesnaye, während Lamennais auf einem Spaziergange sich befand, der gewöhnlich auf das Mittagessen folgte. An einer Stelle meines Weges erblickte ich ihn mit seinen jungen Leuten an einem Holzschlage. Ich blieb stehen, und indem ich noch zum letzten Male diesen unglücklichen großen Mann betrachtete, setzte ich meine Flucht fort, ohne zu wissen, was aus mir werden sollte, und wie mir Gott das, was ich eben that, anrechnen würde. Hatte ich lauter Mißgriffe gemacht? Dieß öffentliche Leben, diese leidenschaftlichen Kämpfe, diese Reise nach Rom, diese gestern noch so innigen, heute schon gelösten Freundschaften, endlich die

Ueberzeugungen meines jugendlichen und priesterlichen Lebens — war dieß Alles nichts als sinnlose Träumerei? — Wäre es nicht besser gewesen, ich hätte mich als Vikar in die abgelegenste Pfarrei zurückgezogen und durch einfache Pflichterfüllung unbekannte Seelen zu Gott gerufen? — Es gibt Augenblicke, in denen der Zweifel eine Macht über uns gewinnt, wo das, was uns fruchtbar Land geschienen, als sterile Oede vor uns steht, wo das, was uns als groß gegolten, nichts Anderes mehr ist, als wesenloser Schatten. In diesem Zustande befand ich mich. Alles brach zusammen um mich her. Ich mußte alle Reste einer verborgenen, mir angebornen Thatkraft zusammenraffen, um mich vor der Verzweiflung zu retten.

Nach meiner Ankunft in Paris war es meine erste Sorge, den Mann wieder zu besuchen, der sich allezeit huldvoll gegen mich erwiesen. Ich eilte also zu Herrn von Quélen, der mich seit bald zwei Jahren kaum flüchtig gesehen hatte. Royalistisch und gallicanisch gesinnt und in seinem ganzen Wesen jeder philosophischen und politischen Neuerung abhold, hatte er in unserm Unternehmen das zügellose Aufbrausen eines unzeitigen Eifers gesehen, und zum stillen Beobachter in seiner Diöcese geworden, hatte er über uns nur mit Behutsamkeit abgeurtheilt. Er nahm mich mit offenen Armen auf wie ein Kind, das ein gefährliches Abenteuer überstanden und mit Beulen bedeckt ins Vaterhaus zurückkehrt. „Sie haben eine Taufe nothwendig, sprach er zu mir, und ich werde sie Ihnen ertheilen." Bald darauf gab er mir eine Zufluchtstätte und Brod, indem er mich wieder in meine frühere Einsamkeit beim Kloster von der Heimsuchung sandte. Meine Mutter, die indessen Paris nicht

verlassen hatte, zog zum zweiten Male zu mir, und ich war
wieder, wie im Anfange meines Priesterlebens, ganz allein,
arm, mit Studien über Plato und Augustin beschäf=
tiget, glücklich über diesen Frieden, der mir wieder ge=
schenkt war, wenn auch nicht ganz so, wie er ehedem
gewesen. Denn ich brachte gar verschiedene Erinnerungen
mit mir in diese Einsamkeit, eine Berühmtheit, in der ich,
wie mir schien, mehr an meiner priesterlichen Jungfräu=
lichkeit verloren als einen großen Namen gewonnen hatte,
den Schein des Verrathes an einem berühmten und un=
glücklichen Manne, endlich tausendfache Unsicherheit, tau=
senderlei Widersprüche im Herzen und zudem keinen alten
Freund und keinen neuen. Die alten lagen mir ferne in
meiner Jugendzeit, die neuen waren mir entfremdet durch
meine Lossagung von ihnen. Trotz all dem, Gott sei's
gedankt, gewann der Friede die Oberhand. Deutliche
Zeichen von Sympathie kamen mir zu und überzeugten
mich, daß Liebe und Wohlwollen mich in mein zurück=
gezogenes Leben begleitet hatten.

Graf Montalembert war gegen mich zwar etwas
kälter geworden, allein er hatte noch immer einen Rest
von Freundschaft gegen mich bewahrt, die seitdem der
Lauf der Jahre gekräftiget und ebenso innig als uner=
schütterlich gemacht hat. Dieser machte mir eines Tages
den Vorschlag, mich einer Dame des Faubourg Saint
Germain vorzustellen, die mich zu sehen wünschte. Im
Faubourg Saint Germain war ich ganz fremd. Ohne
Geburt und Vermögen, war ich noch nie in die Salons
irgend einer Aristokratie gekommen, und ich hatte auch
nicht einmal daran gedacht, hinzugelangen. All mein
Ehrgeiz war ein innerer. Mit Wenigem zufrieden, mäßig

in allen Stücken, ohne Neid, wußte ich kaum, daß über mir noch eine Gesellschaft bestehe, die mir vollkommen fremd war, und dieselbe bestand auch für mich eigentlich ebenso wenig als ich für sie. Der Vorschlag Montalemberts bereitete mir daher eine ganz unerwartete Ueberraschung.

Ich ging mit ihm. Die Frau, der er mich vorstellte, war nicht aus Frankreich. Sie war gebürtig aus Rußland, griechischen Bekenntnisses, dann zur katholischen Religion bekehrt. Sie war nach Frankreich gekommen, um daselbst das höchste unter allen Gütern der Seele zu suchen, die innere und äußere Freiheit des Gewissens. Durch ihre Verbindungen mit allen Berühmtheiten ihres früheren und ihres gegenwärtigen Vaterlandes kannte sie sich in allen Angelegenheiten der Welt und der Kirche vollkommen aus, und ein unvergleichlicher Takt brachte in ihrem Geiste die Bildung, die sie aus ihren großartigen Verbindungen gewonnen hatte, zur Vollendung. Es war dieß Frau von Swetschine. Sie nahm mich mit einem Wohlwollen auf, das nicht von dieser Welt ist, und ich war bald gewöhnt, meine Leiden, Unruhen und Pläne ihr mitzutheilen. Sie ging in Alles so ein, als wäre ich ihr Sohn gewesen, und ihre Thüre stand mir selbst zu jenen Stunden offen, wo sie auch ihre intimsten Freunde nur ausnahmsweise empfing.

Welches waren wohl die Gründe, die sie bestimmten, in solcher Weise mir ihre Zeit zu schenken und ihren Rath mir mitzutheilen? Ohne Zweifel bestimmte sie hiezu eine gewisse Sympathie; allein wenn ich mich nicht irre, so ward sie von dem Gedanken getragen, sie habe an meiner Seele eine Sendung zu erfüllen. Sie sah mich von

Klippen umgeben, bisher nur einsiedlerischen Eingebungen folgend, ohne Welterfahrung, ohne einen andern Leitstern als die Reinheit meiner Absichten. Und sie war nun der Meinung, es würde dem Willen Gottes entsprechen, wenn sie mir gegenüber die Stelle der Vorsehung übernähme. Und wirklich faßte ich von diesem Tage an nie mehr einen Entschluß, ohne die Sache vorher mit ihr zu berathen, und offenbar verdanke ich es ihr, daß ich an so vielen Abgründen, denen ich nahe gekommen, ohne Schädigung vorüber kam.

Bald darauf eröffnete mir ein anderes Ereigniß neue Aussichten.

## Viertes Kapitel.

**Conferenzen im Stanislas-Collegium und bei Notre Dame in Paris.**

Im Laufe des Monats November oder Dezember lud mich Abbé Buquet, damals Studienpräfect im Collegium Stanislas ein, für die Zöglinge seiner Anstalt religiöse Conferenzen zu halten. Es war dieß ein redlicher, aufrichtiger Mann, ohne allen Parteigeist. Ich nahm die Einladung an. Diese Art kirchlicher Wirksamkeit war ein alter Lieblingsgedanke von mir, weil ich selbst in meiner Jugendzeit aller christlichen Unterweisung, die mich hätte aufklären können, entbehren mußte. Ein einzig Mal waren mir im Collegium zu Dijon einige begeisterte Worte zu Herzen gegangen, und von bort an ward ich fortwährend von dem Gedanken beseelt, die Religion müßte, wenn sie mit Liebe und Kraft durch das lebendige Wort zur Jugend bringen würde, trotz des Indifferentismus der Zeit in ihr eine kräftige Ueberzeugung hervorrufen.

Am ersten Sonntage, da ich in der Kapelle des Stanislas-Collegium meinen Vortrag hielt, fanden sich daselbst nur die Zöglinge und einige Freunde des Hauses ein. Beim zweiten Vortrage waren die auswärtigen Zuhörer viel zahlreicher, und beim dritten mußte man schon einen großen Theil der Zöglinge entfernen, um der Menge der unvorgesehenen Gäste Platz zu machen. Dieser Zulauf hielt drei Monate lang an. Derselbe gab mir Licht bezüglich meines wahren Berufes, der kein anderer war, als eine die Religion vertheidigende Belehrung von der Kanzel aus.

Abbé Frayssinous hatte in dieser Beziehung das erste Beispiel gegeben, und sein Erfolg hatte seinen Versuch als zeitgemäß gerechtfertigt. Allein er hatte sich nur auf den Vorhof des Tempels beschränkt und war nicht eingedrungen in die geheimnißvollen Tiefen des christlichen Dogma's. Er war ein klarer, verständiger Geist, ein correcter Schriftsteller, durch die Majestät seiner Haltung und Gesichtsbildung zum Redner geschaffen, aber er war mehr beredt als beredsam, ohne jenen schöpferischen Geist, der seinem Werke das Vollendungssiegel der Unsterblichkeit aufgedrückt hätte. Er hatte einen neuen Weg gebahnt und war denselben mit Ehren gewandelt, allein er war nicht bis zum letzten Ziele gelangt, und sein edler Lauf ermuthigte, ihm zu folgen, nicht ohne Hoffnung, ihn zu erreichen.

Ueberdieß trennte uns eine neue Zeit von der seinigen. Er hatte seine Reden unter der Herrschaft des Despotismus gehalten, der selbst seine ausnehmende Behutsamkeit nicht lange ertragen konnte. Wir hatten zu sprechen unter der Herrschaft der Freiheit. Er war kraft seines Alters und seiner Traditionen ein ehrwürdiges Abbild des alten französischen Klerus. Wir waren kraft der unsern das Abbild eines feurigen, leidenschaftlichen Geschlechtes, das von der Kirche jene jugendliche Neugestaltung der Formen und Ideen verlangt, die mit ihrem alten unveränderlichen Wesen zu keiner Zeit unverträglich war. Ganz anders als jene abgestorbenen Genossenschaften, die von einem Dogma leben, wie man in einem Grabe lebt, war die christliche Gesellschaft zu allen Zeiten mit jenen Gestirnen des Firmamentes zu vergleichen, die sich in einem unendlichen Raume bewegen, ohne dabei je ihren geregelten Gang zu verlassen und die Gesetze zu verletzen, welche unter Gottes Hand sie leiten.

Ein sonderbares Zusammentreffen! Gerade damals, als ich ohne vorgefaßten Plan und in Folge einer nichtgesuchten Einladung in der Kapelle des Stanislas=Collegium in die verehrten Fußstapfen des Abbé Frayssinous trat, ging auch der Erzbischof von Paris mit dem Gedanken um, sie auf der Kanzel seiner Kathedralkirche wieder aufzunehmen, wozu er durch ein ehrerbietigstes Bittgesuch eines Theiles der Schuljugend von Paris bewogen worden war. Auf zwei Punkten wurde zu gleicher Zeit der Pflug angesetzt, und alsbald begann man sich zu fragen, wem der Vorrang und die Ernte zufallen werde. Kein Mensch hatte an einen solchen Wettkampf zwischen den beiden Unternehmen gedacht, von denen das eine nothwendig über das andere den Sieg davon tragen mußte.

Die Vorträge in Notre=Dame dauerten nur sechs Wochen, die im Stanislas=Collegium, wie schon gesagt, drei Monate lang. Verfolgt durch die Anschuldigung, die Lehren meiner Vorträge seien von dem Geist der Revolution und der Anarchie durchdrungen gewesen, zog ich mich zurück. Es war diese Anschuldigung lange Zeit die Waffe meiner Gegner, und auch heut zu Tage ist sie in ihren Händen noch nicht abgenützt. Herr von Quélen machte mir keinen Vorwurf. Als ich ihn aber um ausdrückliche Er=

mächtigung zur Fortsetzung meiner Conferenzen bat, verweigerte er sie mir, weil er, wie er sagte, weder für mein Schweigen noch für meine Reden die Verantwortlichkeit auf sich nehmen wollte. Diese Art von Freiheit beraubte mich nicht nur alles Schutzes, sondern sie gab mich auch der Besorgniß preis, einen Bischof zu beleidigen, dem ich so viele Erkenntlichkeit und kindliche Liebe schuldig war. Die Zeit ging dahin und ich wußte nicht, wofür ich mich entscheiden sollte.

Eines Tages begegnete ich auf einem Gange durch den Garten des Luxemburg einem Geistlichen, mit dem ich wohl bekannt war. Dieser hielt mich an und redete mich also an: „Was thun Sie? Sie sollten zum Erzbischof gehen und sich mit ihm verständigen." Einige Schritte weiter hielt ein anderer Geistlicher, mit dem ich weit weniger bekannt war als mit dem Erstern, mich ebenfalls an und sprach zu mir: „Sie thun nicht recht, daß Sie den Erzbischof nicht besuchen. Ich habe Gründe zu glauben, daß es ihm sehr lieb wäre, wenn er sich mit Ihnen besprechen könnte." Diese wiederholte Aufforderung fiel mir auf, und mit etwas abergläubischem Vertrauen auf die mich leitende Vorsehung lenkte ich meine Schritte langsam gegen das Kloster St. Michael, nicht weit vom Luxemburg entfernt, wo der Erzbischof damals wohnte. Nicht die Pförtnerin kam, um mir die Pforte zu öffnen, sondern eine Chorschwester, die mir wohl gesinnt war, weil, wie sie sich ausdrückte, alle Welt wider mich sei. Der Erzbischof hatte, wie sie mir berichtete, den Zutritt zu ihm durchaus verboten: „allein ich will, fügte sie bei, Sie anmelden. Vielleicht läßt er Sie vorkommen." Der Bescheid war günstig. Bei meinem Eintritt traf ich den Erzbischof in seinem Zimmer hin- und hergehend mit betrübter und eingenommener Miene. Er gab mir nur ein schwaches Zeichen des Willkomms, und ich wandelte nun an seiner Seite, ohne daß er ein Wort sprach. Nach ziemlich langem Schweigen blieb er plötzlich stehen, wendete sich gegen mich, blickte mich mit forschendem Auge an und sprach zu mir: „Ich habe im Sinne, Ihnen die Kanzel von Notre-Dame zu übertragen: würden Sie dieselbe annehmen?" Diese überraschende Mittheilung, deren geheimen Grund ich ganz und gar nicht kannte, versetzte mich keineswegs in Entzücken. Ich antwortete dem Erzbischof, die Zeit zur Vorbereitung sei sehr kurz, der Schauplatz dieser Wirksamkeit sei ein gar feierlicher, und nachdem ich vor einem kleinern Auditorium Erfolg gehabt, könnte ich leicht vor einer Versammlung von viertausend Menschen scheitern. Das Ende war, daß ich mir eine Bedenkzeit von vierundzwanzig Stunden ausbat. Nachdem ich zu Gott gebetet und mit Frau von Swetschine mich berathen hatte, gab ich zustimmende Antwort.

Was war denn vorgefallen? — Der frühere Vorstand des Stanislas-Collegium, Abbé Liautard, dazumal Pfarrer von Fontainebleau, hatte einige Wochen vorher unter dem Klerus von Paris eine Denkschrift im Manuscript in Umlauf gesetzt, worin er die erzbischöfliche Verwaltung hart anschuldigte. Diese Denkschrift war gerade an dem Tage, an welchem der eben erzählte Auftritt vorgefallen, dem Erzbischof überbracht worden, und er hatte ihre Lesung vollendet gerade zu der Stunde, da mich die Vorsehung zu ihm sendete. Nun war eben in dieser Klageschrift die Rede von den Conferenzen im Stanislas-Collegium, und der Erzbischof war darin wegen seines Benehmens gegen mich des Mangels an Einsicht und der Schwäche angeschuldigt. Ich weiß nicht, ob ihm je vorher der Gedanke gekommen, mir die Kanzel von Notre=Dame zu öffnen; aber als er mich in demselben Augenblicke bei sich eintreten sah, wo er über die Verurtheilung seiner Verwaltung von Seite eines geistreichen Mannes in Aufregung gebracht war, so kam ihm dieß unerwartete, ja fast wunderbare Zusammentreffen wie eine von Gott kommende Mahnung vor, und wie ein Blitz fuhr es ihm plötzlich durch den Sinn, daß meine Erhebung auf die Kanzel der Metropole zur Abhaltung der Conferenzen die schlagendste Entgegnung an seine persönlichen Feinde sein würde.

Als er die gegen mich eingegangene Verbindlichkeit zur Kenntniß seiner Umgebung brachte, war er erstaunt, daß ihm so wenig Widerstand entgegentrat. Meine Gegner, die in seiner Umgebung waren, hofften nämlich, es werde dieser Triumph der Anlaß zu meinem Sturze sein; denn sie waren überzeugt, daß weder meine theologischen Kenntnisse noch meine oratorische Befähigung ausreichen würden zu einem Unternehmen, bei welchem Beides in hohem Grade nothwendig war. Sie wußten nicht, daß ich mich seit fünfzehn Jahren ohne Unterlaß philosophischen und theologischen Studien hingegeben, und daß ich mich ebenso seit fünfzehn Jahren in der Verkündigung des Wortes Gottes unter den verschiedensten Umständen geübt hatte. Uebrigens ist es mit dem Redner wie mit dem Berg Horeb: ehe Gott an ihn anschlägt, ist er ein trockener Fels; wenn aber Gott mit seinem Finger ihn anrührt, so ist er eine Quelle, welche die Wüste fruchtbar macht.

Am bezeichneten Tage füllte Notre=Dame sich mit einer

Menschenmenge, wie dieser Tempel sie noch nie gesehen. Die liberale wie die royalistische Jugend, die Freunde wie die Feinde, und jener neugierige Haufen, den eine große Hauptstadt immer für alles Neue in Bereitschaft hat, hatten sich in gedrängten Wogen in der alten Basilika eingefunden.

Ich bestieg die Kanzel, nicht ohne Aufregung, aber mit Festigkeit. Ich begann meinen Vortrag, das Auge auf den Erzbischof geheftet; denn dieser war mir nächst Gott und weit mehr als das Publicum die Hauptperson auf diesem Schauplatze. Er hörte mich an, mit etwas gesenktem Haupte, in einem Zustande vollkommener Unempfindlichkeit, wie ein Mann, der bei diesem feierlichen Wagestücke nicht bloß einfacher Zuschauer oder auch Richter, sondern in eigener Person der Gefahr ausgesetzt war.

Als ich in meinem Gegenstande und meinem Auditorium festen Fuß gefaßt hatte, als sich meine Brust erweiterte, wie es nothwendig war, um eine große Menschenmenge zu bewältigen, als die Begeisterung an die Stelle der anfänglichen Ruhe getreten war, entrang sich mir einer von jenen Ausrufen, deren Ton, wenn er je aufrichtig ist und aus der Tiefe des Herzens kommt, nie ohne bewegende Wirkung bleibt. Der Erzbischof erbebte augenscheinlich. Eine Blässe, die selbst meinem Auge wahrnehmbar war, überzog sein Antlitz, er erhob sein Haupt und warf auf mich einen Blick des Staunens. Ich sah, daß die Schlacht in seinem Herzen gewonnen war. Sie war aber auch gewonnen im Herzen meiner Zuhörer. Zu Hause angekommen, erklärte er sogleich, daß er mich zum Ehrenkanoniker an seiner Metropole ernennen werde, und man hatte Mühe, ihn abzuhalten, daß er es nicht noch vor dem Schlusse der Vorträge that.

Von diesem Tage an that sich Herr von Quélen etwas auf mich zu Gute, und mein ganzes vergangenes Leben erschien ihm als eine von der Vorsehung geleitete Vorbereitungsschule für das Amt, das er mir übertragen hatte. Er war glückselig, da er sah, daß seine Zuneigung zu mir gerechtfertiget sei, und daß er bei seinem hohen Einsatze nicht verloren hatte. Obgleich die Tage noch nicht ferne waren, da er seinen Palast in Trümmer fallen sah, obgleich er noch in den engen Mauern einer Klosterzelle verborgen lebte, trat er doch in Notre=Dame wieder mit der Majestät eines Bischofes auf, der umgeben von seinem Volke ihm in populärer Form durch einen beliebten Mund die Lehren einer Religion verkünden läßt, die vor wenigen Tagen mit einer zehn Jahrhunderte alten Monarchie gestürzt worden war, und von der man glaubte, daß sie nie mehr die Herrschaft über die Geister erringen würde. Es war dieß eine großartige Antwort auf die Zerstörung des erzbischöflichen Palastes. Nach Lamennais kam Herr von Quélen, die öffentliche Meinung zu verblüffen und zu entwaffnen, und die Bedeutsamkeit des Triumphes wurde noch erhöht durch den eigenthümlichen Umstand, daß ich Schüler des Einen war, nachdem ich zuerst Schüler des Andern gewesen.

Herr von Quélen fühlte dieß lebhaft. Es machte ihn glücklich und stolz. Eines Tages, da ich gerade von der Conferenz kam, nahm er mich in seinen Wagen auf, um mich zu Frau von Swetschine zu begleiten. Beim Eintritt in ihren Salon sprach er zu ihr: „Ich bringe Ihnen unsern Riesen." Ein anderes Mal trug er kein Bedenken, von seinem erhabenen Bischofsstuhle in Notre=Dame aus mich öffentlich einen neuen Propheten zu nennen.

Gott Lob! all' diese Bezeugungen der bischöflichen Huld und der Volksgunst blendeten mich durchaus nicht. Außerdem, daß mir ein Theil des Publicums fortwährend feindselig gesinnt blieb, war ich durch zu viel Elend darauf gerüstet worden, im Genusse des Glückes Herr über mich selber zu bleiben.

Uebrigens ward eine andere Art Freude meiner Seele zu Theil und erhob sie in reinere Regionen, als die des Ruhmes sind. Bisher war mir mein Leben in Studien und Polemik dahin gegangen. Durch die Conferenzen war es eingetreten in die Mysterien apostolischer Wirksamkeit. Es eröffnete sich mir der Verkehr mit den Seelen, ein Verkehr, der das wahre Glück eines Priesters, der seiner Sendung würdig ist, ausmacht und alles Bedauern, daß er um Christi willen die Verbindungen, Freundschaften und Hoffnungen der Welt aufgegeben, in seiner Seele vertilgt. In Notre=Dame unter meiner Kanzel sah ich Gesinnungen der Liebe und des Dankes erblühen, die keiner natürlichen Wurzel entsprossen können, und die den Menschen an den Boten Gottes ketten mit Banden, deren Wonne eben so göttlich ist, als ihre Macht. Ich habe nicht alle die Seelen kennen gelernt, die durch die Erinnerungen an das in ihnen angefachte oder zur Flamme gewordene Licht sich meiner Seele angeschlossen. Selbst jetzt noch kommen mir täglich von ihnen Freundschaftsbezeugungen zu, deren Lebhaftigkeit mich in Staunen setzt, und ich bin wie ein Wanderer in der Wüste, dem ein unbekannter Freund in einem unscheinbaren Gefäße den Wassertropfen reicht, der ihn wieder erfrischen soll. Ist man einmal eingeweiht in diese Freuden, die gleichsam ein Vorgeschmack des andern Lebens sind, dann verschwindet alles

Andere, und der Stolz berührt den Geist nur wie ein unreiner Hauch, dessen bitterer Geschmack nicht zu täuschen vermag.

Nachdem ich zwei Jahre lang in Notre-Dame Conferenzen gehalten, sah ich ein, daß ich nicht die nothwendige Reife besaß, um die Laufbahn in einem Zuge zu vollenden, und daß ich nothwendig mich aufs Neue sammeln mußte, um den begonnenen Bau würdig zu Ende zu bringen. Ich bat daher den Erzbischof um die Erlaubniß, mich zurückziehen und einige Zeit in Rom zubringen zu dürfen. Diese Eröffnung that ihm leid. Er sagte mir, es sei dieß ein Mißgriff, ich würde den Ehrenposten, den ich zu verlassen gedächte, nicht wieder einnehmen können, wenn ich gerade wollte, und wenn je durch Unterbrechung der Conferenzen irgend ein Vortheil erzielt werden könnte, so würde er durch die Nachtheile aufgewogen, die aus ihrer Unterbrechung entstehen werden. Allein ich gab diesem Andringen nicht nach. Im Grunde war meine Zurückgezogenheit in Rom etwas ganz Anderes, als ich glaubte. Sie hatte ein Ziel, das mir selber noch verborgen war, und das erst später kund werden sollte.

## Fünftes Kapitel.

**Der Aufenthalt in Rom. Mein Entschluß, den Prediger-Orden in Frankreich wiederherzustellen.**

Mein Aufenthalt in Rom dauerte anderthalb Jahre, vom Mai 1836 bis zum September 1837. Inzwischen hatte Lamennais, der im Jahre 1834 durch seine „Worte eines Gläubigen" sich von der Kirche getrennt, eine neue Scheidewand zwischen ihr und ihm aufgestellt in einem Werke, das den Titel führte: „Römische Angelegenheiten." Zur Zeit der Erscheinung des erstern Werkes hatte ich selber eine Schrift veröffentlicht unter dem Titel: „Erwägungen über das philosophische System Lamennais", deren Zweck war zu zeigen, daß der Verfasser des „Versuches über den Indifferentismus" schon damals, als er der allgemeinen Vernunft die höchste Autorität zuerkannte, die den Menschen auf Erden leiten könnte, das Princip aufgestellt habe, das ihn seiner Zeit dahin führen mußte, die Kirche der Humanität zu opfern. Im Jahre 1837 veröffentlichte ich eine neue Schrift mit dem Titel: „Ein Brief über den heiligen Stuhl", worin ich eine Rechtfertigung der römischen Politik in den Angelegenheiten der Zeit versuchte. Dieß waren die letzten Blätter, in denen ich mich mit der Vergangenheit befaßte.

Mein langer Aufenthalt in Rom ließ mir Zeit zu

vielen Erwägungen. Ich studirte mich selber und machte auch Studien über die allgemeinen Bedürfnisse der Kirche. Was mich selbst betrifft, so hatte ich jetzt mein vierund= dreißigstes Jahr erreicht, war schon zwölf Jahre Priester, hatte schon zweimal in den Versuchen zur Vertheidigung und Förderung der Religion durch mein Auftreten einiges Aufsehen gemacht; und noch stand ich ganz allein da, ohne Verbindung mit irgend einem kirchlichen Institute. Mehr als einmal hatte Herr von Quélen in seiner Güte es versucht, mich zu überzeugen, daß die pfarr= liche Seelsorge das einzige Gebiet sei, in dem er mich unterstützen und befördern könne. Allein ich fühlte in mir gar keinen Beruf zu dieser Art kirchlichen Dienstes, und dennoch sah ich wohl ein, daß in der gegenwärtigen Lage der Kirche Frankreichs dem natürlichen Verlangen nach einer sichern und festen Stellung, wie es jeder ver= nünftige Mann in sich trägt, keine andere Thüre offen stand.

Wendete ich von diesen persönlichen Erwägungen meine Augen auf die Bedürfnisse der Kirche selber, so ward mir ganz klar, daß sie seit der Vernichtung der religiösen Orden die Hälfte ihres Einflusses verloren hatte. Ich schaute in Rom die großartigen Ueberreste dieser durch die heiligsten Männer gegründeten Institutionen, und auf dem päpstlichen Throne selbst saß nach so vielen andern auch jetzt wieder ein Ordensmann, der aus dem berühmten Kloster Gregor des Großen hervorgegangen war. Die Geschichte zeigte mir noch weit deutlicher als der per= sönliche Anblick von Rom, vom Ausgang aus den Katakom= ben an, die unvergleichliche Folgenreihe von Zellen, Klöstern, Abteien, Häusern des Studiums und des Gebetes, von

den Sandwüsten der Thebais bis zu den äußersten Grenzen
Irlands, und von den gewürzreichen Inseln der Provence
bis in die frostigen Ebenen Polens und Rußlands. Die
Geschichte nannte mir den heiligen Antonius, den heiligen
Basilius, den heiligen Augustinus, den heiligen Martinus,
den heiligen Benediktus, den heiligen Columban, den hei=
ligen Bernhard, den heiligen Franziskus von Assisi, den
heiligen Dominikus, den heiligen Ignatius als die Stamm=
väter dieser so zahlreichen, geistlichen Familien, welche die
Wüsteneien, die Wälder, die Städte, die Länder und sogar
den Stuhl des heiligen Petrus durch ihre heroischen
Tugenden bevölkert hatten. In dieser Lichtbahn, die gleich=
sam die Milchstraße der Kirche bildet, erkannte ich als das
schaffende Princip die drei Gelübde der Armuth, der Keusch=
heit und des Gehorsams, den Schlußstein des Evange=
liums und der vollkommenen Nachfolge Christi. Jesus
Christus war arm, lebte in se'ner Jugendzeit von der Hand=
arbeit und während der Zeit seiner apostolischen Wirk=
samkeit einzig von den Liebesgaben Derjenigen, die ihn
liebten. Er war keusch wie eine Lilie in Vereinigung
mit der Gottheit. Er übte den Gehorsam gegen seinen
Vater bis zum Tode des Kreuzes. Dieß war das höchste
Vorbild, das er den Aposteln hinterließ, und der fruchtbare
Keim, der später durch die Jahrhunderte hindurch geblüht
hat in den Seelen der heiligen Ordensstifter. Vergeblich
hat das Verderbniß bald von dieser, bald von jener Seite
an diesen ehrwürdigen Instituten seinen Zahn angesetzt.
Wo fleischlicher Sinn eindrang, da erhob sich aufs Neue
das Wehen des Geistes, und das Verderbniß selber war
im Grunde nur das Hinwelken alter Tugenden, wie man
in Waldungen, wo die Axt noch nicht eingedrungen, Jahr=

hunderte alte Bäume unter der Last eines Lebens fallen sieht, das schon zu lange gedauert, als daß es der Hinfälligkeit noch widerstehen könnte. Sollte man wohl glauben, daß die Stunde geschlagen habe, in der man diese großartigen Denkmale des Glaubens und diese göttlichen Eingebungen der Liebe Gottes und der Menschen nicht mehr schauen werde? Sollte man glauben, daß der Sturm der Revolution für sie nicht bloß eine zeitliche, vorübergehende Strafe für ihre Fehler, sondern das Schwert und das Siegel des Todes gewesen sei? Ich konnte das nicht glauben. Alles, was Gott geschaffen, ist unsterblich seinem Wesen nach, und es geht eben so wenig eine Tugend auf Erden als ein Gestirn am Himmel zu Grunde.

Auf meinen Gängen in Rom und in meinen Gebeten zu Gott in den Basiliken Roms gewann ich die Ueberzeugung, der größte Dienst, den man der Christenheit in unsrer Zeit erweisen könnte, wäre, etwas zu thun für die Wiedererweckung der religiösen Orden. Allein diese Ueberzeugung, die mir so klar wie das Evangelium selber war, ließ mich unentschieden und machte mich zittern, wenn ich zu erwägen begann, wie so klein ich wäre zu einem so großen Werke. Mein Glaube war, Gott sei es gedankt, ein tiefbegründeter. Ich liebte Jesum Christum und seine Kirche mehr als alle erschaffenen Dinge. Ich strebte nicht nach kirchlichen Ehrenstellen, und nie, selbst nicht vor meiner Bekehrung zu Gott, war ich mit einem leidenschaftlichen Streben nach jenen Dingen behaftet, an welche gewöhnlich die Hoffnung der Menschen sich anklammert.

Ich hatte den Ruhm geliebt, ehe ich Gott liebte, und sonst nichts. Indeß, wenn ich in mein Herz hinabstieg,

so fand ich in ihm gar nichts, was der Idee eines
Ordensstifters oder Neubegründers zu entsprechen schien.
Seitdem ich diese Riesen der Gottseligkeit und der christ=
lichen Stärke näher ins Auge faßte, fiel meine Seele
gleichsam vom hohen Pferde zu Boden und blieb da liegen,
verzagt und zerschlagen. Schon der Gedanke, meine Frei=
heit einer Ordensregel und den Obern zum Opfer zu
bringen, erfüllte mich mit Entsetzen. Ich war das Kind
eines Zeitalters, das nicht recht gelernt hat zu gehorchen,
und so war die Unabhängigkeit mir Eins und Alles. Wie
konnte ich da plötzlich mich umwandeln in ein gelehriges
Herz und nur mehr in der Unterwürfigkeit das leitende
Licht für mein Handeln suchen.

Ich zog dann ferner in Erwägung die Schwierigkeit,
Männer zu einer Genossenschaft zu vereinigen, die Ver=
schiedenheit der Charaktere, die Vollkommenheit der Einen,
die Mittelmäßigkeit der Andern, den Feuereifer dieser, die
Milde jener, die sich entgegengesetzten Bestrebungen der
Geister und alles das, was ein gemeinsames Leben selbst
für Heilige zur trostreichsten, aber auch zur schmerzen=
vollsten Last macht.

Nach diesen Schwierigkeiten bezüglich des Geistigen
stellten sich auch die leiblichen Schwierigkeiten vor die
Augen meiner Seele. Ich war ohne Vermögen. In Rom
zehrte ich noch die letzten Reste eines ärmlichen Elterngutes
auf. Wie sollte ich nun große Gebäude ankaufen und
in denselben für eine Schaar ebenso dürftiger Ordensmänner,
wie ich selber es war, das Nothwendige herbeischaffen?
Sollte ich mich also nur im Vertrauen auf die Vorsehung
aufs Gerathewohl in eine gewagte Unternehmung stürzen?

Dieß war noch nicht Alles. Die äußern Hindernisse

thürmten sich vor mir auf wie Berge. Rom konnte mich selbst bei einem so frommen Unternehmen nicht mit günstigen Augen betrachten. Für Rom war ich ein zwar rechtgläubiger, Liberaler, aber immerhin ein Liberaler, und Rom war gewohnt, Männer von dieser Bezeichnung für seine eigenen Feinde anzusehen. Von Rom konnte ich also keine Unterstützung, sondern höchstens eine sehr zweifelhafte Duldung hoffen. Konnte ich aber von der französischen Regierung auch nur dieselbe Duldung erwarten? — Zwar hatten sich die Gesetze der Revolution darauf beschränkt, einerseits zu erklären, daß der Staat die Ordensgelübbe nicht mehr anerkenne, und andererseits den Genossenschaften ihr ererbtes Eigenthum zu nehmen. Zwar ist das Gelübbe seinem Wesen nach ein freier und unbeschränkter Act des Gewissens, und das gemeinsame Leben eines der natürlichen Rechte des Menschen. Dessenungeachtet war die Regierung vom Jahre 1830 wenig geneigt, die religiösen Orden selbst in dieser Beschränkung und in dieser Form auf französischem Boden wieder aufleben zu lassen. Sie duldete die Jesuiten als vollendete Thatsache, allein selbst diese Ordensmänner hatten nur eine unsichere Existenz, die unaufhörlich bedroht war von der Strömung der öffentlichen Meinung.

Diese öffentliche Meinung war das letzte und das schwierigste Hinderniß, das überwunden werden mußte. Sie hatte bezüglich der religiösen Orden alle die Traditionen des achtzehnten Jahrhunderts getreulich bewahrt und achtete gar nicht auf die wesentliche Verschiedenheit, die zwischen Genossenschaften, welche Tag für Tag von ihrer Arbeit leben, und jenen mächtigen Associationen besteht, welche sammt ihren Gütern vom Staate anerkannt waren. Keine Gesellschaft, selbst nicht eine Gelehrten= oder Künstler=Gesellschaft, konnte in Frankreich ohne vorgängige Genehmigung gegründet werden. Diese alles Maß übersteigende, aber zu Recht bestehende Knechtschaft bot den Vorurtheilen ein leichtes Mittel an die Hand, sich gegen jede Berufung auf das natürliche und auf das öffentliche Recht zu decken. Was nun anfangen in einem Lande, wo die religiöse Freiheit, obwohl als ein geheiligtes Princip der neuen Welt allgemein anerkannt, deßungeachtet dem unsichtbaren Acte eines Gott gemachten Versprechens im Herzen eines Staatsbürgers keinen Schutz gewähren konnte, und wo dieß Versprechen, durch tyrannische Inquisition seiner Brust entrissen, schon hinreichte, ihm die Vortheile des gemeinen Rechtes zu rauben? — Wenn ein Volk bis dahin gekommen ist, wenn es all seine Freiheit nur als das Vorrecht der Ungläubigen gegenüber den Gläubigen betrachtet, kann man da noch etwas zu erlangen hoffen, und muß man nicht selbst die Hoffnung aufgeben, daselbst je noch die Billigkeit, den Frieden, die Sicherheit und eine Civilisation, die mehr als materieller Fortschritt ist, zur Herrschaft gelangen zu sehen?

Mein Unternehmen stieß, wie man sieht, überall nur auf Klippen, und nicht so glücklich wie Columbus, fand ich nirgend auch nur ein Brett, um mich an die Ufer der Freiheit hinüber zu tragen. Meine einzige Hülfsquelle lag in jener Kühnheit, welche die ersten Christen begeisterte, und in ihrem unerschütterlichen Vertrauen auf die Allmacht Gottes. Das Christenthum, dachte ich mir, wäre gar nicht in der Welt, hätten nicht namenlose Leute, Taglöhner, Handwerker, Philosophen, Senatoren, Kleine und Große sich zusammen gefunden, um trotz aller Gesetze der römischen

Kaiser dem Evangelium zu folgen. Das Kreuz hat noch nicht aufgehört, eine Thorheit zu sein, und „das Schwächste in Gott" ist nach dem Ausspruche des heiligen Paulus „noch immer stärker als alle Macht der Menschen."
Wer etwas für die Kirche thun will und nicht von dieser Ueberzeugung ausgeht, ohne darum die Mittel zu vernachlässigen, welche die Zeitverhältnisse ihm an die Hand geben, der wird immer untauglich sein für ein Werk Gottes. Die ersten Christen sind nicht bloß (für Christus) gestorben, sie haben auch geschrieben, gesprochen und sich bemüht, das Volk und die Kaiser von der Gerechtigkeit ihrer Sache zu überzeugen. Und als der heilige Paulus auf dem Areopag Jesum Christum verkündete, bediente er sich aller Künste der sinnreichsten Beredtsamkeit, um das Volk zu überzeugen. Immer gibt es im Herzen des Menschen, im Bildungsstande der Geister, in der Strömung der öffentlichen Meinung, in den Gesetzen, in den Verhältnissen und Zeiten einen Anknüpfungspunkt für Gott. Die große Kunst besteht darin, diesen Punkt herauszufinden und zu benützen, ohne daß man darum aufhört, in der verborgenen und unsichtbaren Kraft Gottes den Grund seines Muthes und seiner Hoffnung zu suchen. Nie hat das Christenthum die Welt mit Trotz herausgefordert, nie hat es der Natur und der Vernunft Hohn gesprochen, nie hat es seinem Lichte gestattet, durch ein Uebermaß des Reizes das Auge zu blenden; sondern allezeit hat es ebenso milde als kühn, ebenso ruhig als kräftig, ebenso zart als unwiderstehbar sich in das Herz der verschiedenen Geschlechter einzudrängen gewußt, und Alles, was ihm noch treu bleibt bis zum jüngsten Tage, wird ihm nur auf denselben Wegen gewonnen und erhalten werden.

Durch solche Gedanken machte ich mir wieder Muth, und es kam mir die Ueberzeugung, daß mein ganzes früheres Leben und selbst meine Fehler mir einen Weg zum Herzen meines Landes und meiner Zeitgenossen gebahnt hätten. Ich stellte an mich die Frage, ob es nicht Sünde für mich sei, diese Gelegenheiten zu versäumen, in Folge einer Schüchternheit, die nur meiner Ruhe zu Gute kommen würde, und ob nicht selbst die Größe des zu bringenden Opfers ein Grund sei, den Versuch zu wagen.

An die Hauptfrage reihte sich eine untergeordnete, nämlich welchem Orden ich mich weihen sollte. Die religiösen Orden theilen sich in zwei ganz verschiedene Stämme. Die einen sind der innern Vervollkommnung des Ordensmannes selber im Schatten des Klosters geweiht, und dienen dem öffentlichen Wohle der Kirche nur durch Gebet und Bußübung. Die andern widmen sich dem Gemeinwohle durch die äußere Wirksamkeit der Wissenschaft, der Verkündung des Wortes Gottes und der Uebung jener Tugenden, welche, in der Verborgenheit geboren, wie Christus aus ihr hervortreten, um auf den Tabor oder auf den Kalvarienberg zu gehen.

Nur auf die letzteren konnte meine Wahl fallen, und unter ihnen zeigte mir die Geschichte zwei großartige Institute, das eine im dreizehnten Jahrhunderte gegründet zur Vertheidigung des wahren Glaubens gegen die einbrechenden ersten Häresien der abendländischen Kirche, das andere im sechzehnten Jahrhundert ins Leben gerufen als eine Vormauer gegen die Ausbreitung des Protestantismus, die letzte Form des Irrthumes im Abendlande. Obwohl immer und überall mit einander im Wettstreite, weil ihre Waffen dieselben und ihr Ziel das nämliche war, hatte jedes dieser beiden Institute demungeachtet augenfällige Eigenthümlichkeiten. Der heilige Dominikus hatte dem Leibe Lasten auferlegt, während er dem Geiste viele Freiheit gestattete. Der heilige Ignatius hatte den Geist in engere Bande gefesselt, während er dagegen den Leib von Vorschriften befreite, welche ihn schwächer und untüchtiger machen konnten zur ersprießlichen Wirksamkeit im Unterrichte und im Predigen. Der heilige Dominikus hatte seinem Ordensregimente die Form einer gemäßigten Monarchie gegeben, da sie durch die freie Wahl, aus welcher die Vorgesetzten, und durch die Kapitel, aus welchen die Gesetze hervorgingen, eingeschränkt war. Der heilige Ignatius hatte seinem Orden die Form einer unumschränkten Monarchie gegeben.

Ich mußte somit wählen zwischen der Gesellschaft Jesu und dem Prediger-Orden, oder vielmehr es blieb mir keine Wahl, weil die Jesuiten in Frankreich schon bestanden und darum nicht erst eingeführt zu werden brauchten. Die Macht der Umstände ließ mir somit keinen Zweifel in Hinsicht auf diesen zweiten Punkt. Allein indem ich mich in die Nothwendigkeit versetzte, Dominikaner-Ordensmann zu werden, vergrößerten sich doch meine Besorgnisse und meine Rathlosigkeit.

Die leiblichen Strengheiten dieses Ordens, als da sind die fortwährende Abstinenz von Fleischspeisen, die lange Fasten vom 14. September bis Ostern, der Psalmengesang beim täglichen Chorgebete, das Aufstehen um Mitternacht — kamen mir unausführbar vor bei der Verzärtelung unsrer Körper und bei der unglaublichen Anhäufung unsrer apostolischen Arbeiten in Folge der Seltenheit der Missionäre und Prediger. Ich kannte aus eigener Erfahrung die völlige Aufreibung der Kräfte, welche ein einziger begeisterter Vortrag vor einer zahlreichen Versammlung zur Folge hat. Ich stellte an mich die Frage, wie die Abstinenz und das Fasten sich vertragen könnten mit solchen Anstrengungen der Natur und mit einer so tiefen Erschöpfung. Bei näherem Studium der Constitutionen des Ordens sah ich jedoch, daß sie Hülfsmittel gegen sich selbst darboten, oder vielmehr, daß die im Allgemeinen vorgeschriebene Strenge sehr weise gemäßiget war durch die Vollmacht des Obern, Dispensen zu ertheilen, und zwar nicht bloß auf Grund der Krankheit, sondern auch auf Grund der Schwächlichkeit und sogar bloß auf Grund der Forderung des Seelenheiles. Ich bemerkte, daß die einzige den Obern in Ertheilung von Dispensen gemachte Beschränkung darin bestand, daß sie nie so weit gehen durften, die Dispense auf die ganze Genossenschaft zu erstrecken. Diese Weite der Vollmacht überzeugte mich, daß auch hier wie überall „der Buchstabe tödte, der Geist aber lebendig mache."

Ich machte mich daran, das Leben des heiligen Dominikus und der merkwürdigen Heiligen, die ihm, gleichsam ein Abglanz seiner Tugenden, gefolgt waren, näher kennen zu lernen. Die Heiligen sind die großen Männer der Kirche, und sie bezeichnen uns auf den Gipfeln ihrer Geschichte die höchsten Punkte, welche die Natur des Menschen erreicht hat. Je mehrere dieser großen Männer ein Orden hervorgebracht hat, um so deutlicher zeigt er, daß Gottes Gnade bei seiner Gründung war und ihn in seiner steten Dauer begleitet. Dieß Alles diente zu meiner Beruhigung, und von den vier Elementen, aus denen jedes religiöse Institut besteht, nämlich der Gesetzgebung, dem Geist, der Geschichte, und der Gnade, hat jedes das Seinige zur Größe des heiligen Dominikus beigetragen.

Demungeachtet war ich bei meiner Rückkehr nach Frankreich gegen das Ende des Jahres 1837 noch keineswegs entschlossen. Nachdem ich während des Winters 1838 zu Metz eine Reihe von Predigten gehalten hatte, die sehr zahlreich besucht wurden, kam ich wieder nach Paris. Daselbst theilte ich mich Denjenigen, die in Liebe mir zugethan waren, mehr oder weniger mit. Nirgend fand ich Zustimmung. Frau von Swetschine ließ mich zwar gewähren, aber sie unterstützte mich nicht. Die Andern sahen in meinem Vorhaben nur ein Hirngespinnst. Der Eine meinte, die Zeit der Orden sei jetzt vorüber; der Andere meinte, die Gesellschaft Jesu reiche für alle Bedürfnisse aus, und überhaupt sei ein Versuch, Genossenschaften wieder ins Leben zu rufen, die nicht mehr nothwendig seien, unnütze Bemühung. Wieder Andere sahen im Orden des heiligen Dominikus nur ein abgelebtes Institut mit dem Gepräge der Ideen und Formen des Mittelalters, das durch die Inquisition unpopulär geworden. Diese riethen mir, wenn ich das Wagniß bestehen wollte, sollte ich etwas Neues schaffen. Indessen mußte ich mich entscheiden. Ich hatte meine Mutter schon ein paar Jahre vorher, am 2. Februar 1836 verloren und konnte mich somit nicht mehr unter ihren mütterlichen Schutz stellen. Auf der andern Seite hatte eine Rückkehr nach Rom gar keinen Zweck mehr. Gedrängt durch die Lage selbst und gestachelt durch eine Gnade, die stärker war als ich, traf ich endlich meine Wahl, allein das Opfer war ein blutiges. Während es mich nichts gekostet hatte, die Welt zu verlassen, um Priester zu werden, so kostete es mich jetzt Alles, zum Priesterstande noch die Bürde des Ordensstandes hinzuzufügen. Gleichwohl fühlte ich, sobald einmal der Entschluß gefaßt war, im zweiten Falle ebenso wenig als im ersten, niemals mehr weder eine Schwäche noch eine Reue; und mit Muth ging ich den Prüfungen entgegen, die meiner harrten.

Herr von Quélen wußte noch nichts von meinem Vorhaben. Er meinte, ich sei nach Paris zurückgekommen, um die Conferenzen in Notre=Dame wieder fortzusetzen. Ich mußte ihn endlich davon in Kenntniß setzen. Er wohnte damals im Pensionate der Frauen vom heiligsten Herzen. Nachdem er mich angehört, sagte er ganz kalt: „Diese Dinge stehen in Gottes Hand; allein sein Wille hat sich noch nicht kundgegeben." Aber in demselben Augenblicke theilte er mir eine solche Kundgebung mit, und damit gab er mir auch die erste Ermuthigung, die mir zu Theil geworden. Als ich aufstand, um mich bei ihm zu verabschieden, bemerkte ich ihm noch, wenn wir den Prediger=Orden in Frankreich wieder ins Leben rufen würden, dürften wir gewiß auf den besondern Schutz des heiligen Hyacinth rechnen. Hyacinth war nämlich einer seiner Taufnamen und zugleich einer der ausgezeichnetern Heiligen des Dominikaner=Ordens. „Ganz gewiß", entgegnete er, „und vielleicht sind Sie es, der meinen Traum zur vollen Erfüllung bringt." Welchen Traum, gnädiger Herr? fragte ich. „Wie, Sie sollten von meinem Traume nichts wissen?" fragte er mich entgegen, und auf meine Verneinung sprach er: „Nun denn, ich will Ihnen denselben erzählen; setzen Sie sich." Und nun machte er mir in der freundlichsten Weise, wie ein ganz umgewandelter Mensch, nachstehende Mittheilung.

„Ich war zum Coadjutor von Paris mit dem Titel

eines Erzbischofes von Trajanopolis ernannt worden.
Im Monate August 1820 wollte der Cardinal Perigord
nur für die Pfarrer von Paris in seinem Palaste Exer=
citien halten lassen. Bei dieser Gelegenheit wurde auch mir
eine Wohnung im erzbischöflichen Palaste angewiesen. In
der Nacht des dritten auf den vierten August, am Vor=
abende des Festes des heiligen Dominikus, als die Uhr
von Notre=Dame, wie mir wenigstens vorkam, früh zwei
Uhr schlug, glaubte ich mich in die Gärten des Palastes
versetzt, am Ufer des kleinen Armes der Seine, der
zwischen den Gebäuden von Hotel=Dieu dahinfließt. Ich
saß in einem Lehnstuhle. Nach einigen Augenblicken schaute
ich eine große Menge, die an den Ufern des Flusses sich
sammelte und gen Himmel sah. Der Himmel war rein
und wolkenfrei, allein die Sonne schien mit einem schwarzen
Schleier verhüllt zu sein, aus welchem sich ihre Strahlen
wie Blut ergossen. Ihr Lauf war äußerst schnell, und sie
schien dem Rande des Horizonts zuzufliegen. Alsbald war
sie verschwunden, und alles Volk ergriff die Flucht und
schrie auf: „O Unglück über Unglück!" Ganz allein
übrig geblieben, sah ich die Wasser der Seine durch eine
Fluth, die von der Meerseite herkam, anschwellen und in
heftigen Wallungen in dem engen Kanal, den sie anfüllten,
aufsteigen. Meeresungeheuer kamen auf den Wogen heran,
hielten gegenüber von Notre=Dame und dem erzbischöf=
lichen Palaste an und arbeiteten darauf hin, sich vom Flusse
auf den Quai zu stürzen. — Darauf folgte eine zweite
Vision. Ich war in ein Kloster schwarzgekleideter Nonnen
versetzt, wo ich sehr lange zu bleiben hatte. Nach Beendi=
gung dieses Exiles fand ich mich an derselben Stelle, wo
mein Traum begonnen hatte. Allein der erzbischöfliche

Palast war verschwunden, und an seinem Platze breitete
sich vor meinen Augen ein blumenreicher Rasenplatz aus.
Die Wasser der Seine hatten wieder ihren natürlichen
Lauf genommen, die Sonne schien in ihrem gewohnten
Glanze, die Luft war frisch und durchduftet von einem
Gemische der balsamischen Gerüche des Frühlings, des
Sommers und des Herbstes. In der ganzen Natur war
ein Etwas, das ich nie empfunden hatte. Während ich
mit einer Art Entzücken alles dessen mich erfreute, gewahrte
ich zu meiner Rechten zehn Männer in weißen Kleidern.
Diese zehn Männer tauchten ihre Hände in die Seine,
zogen aus ihr die Meeresungeheuer heraus, welche ich darin
gesehen hatte, und legten dieselben in Lämmer verwandelt
auf den Rasen hin."

„Sie sehen", fügte der Erzbischof noch bei, „dieser ganze
Traum von 1820 ist getreulich in Erfüllung gegangen.
Die Monarchie, die sich mir unter dem Bilde der mit
schwarzem Schleier verhüllten Sonne darstellte, ist mitten
in der Zuversicht und in dem Jubel, den die Eroberung
von Algier verursacht hatte, gefallen; das Volk hat Notre-
Dame und meinen Palast überfallen. Der Palast ward
zerstört, und ein mit Bäumen bepflanzter Rasenplatz bedeckt
die Stelle, wo er stand. Lange Zeit bewohnte ich und
bewohne noch hier, wo ich mit Ihnen spreche, ein Haus
schwarzgekleideter Nonnen. — Was ist noch übrig, um
meinem Traume die volle Erfüllung zu verschaffen, als in
Paris die weißgekleideten und an der Belehrung des
Volkes arbeitenden Männer zu schauen? Nun, vielleicht
sind Sie es, der diese Männer hieher bringt."

Sonderbar! Einige Monate später, nachdem ich im
Kloster de la Minerva zu Rom das Ordenskleid der

Predigerbrüder genommen hatte, gab ich darüber dem Erzbischofe in einem Briefe voll von Dankbarkeit und ehrerbietiger Liebe Nachricht. Zwei Monate vergingen, ohne daß er mir antwortete, ganz gegen seine Gewohnheit. Endlich erhielt ich von ihm ein Wort, worin er mir sagte, sogleich an dem Tage nach dem Empfange meines Briefes sei er von einer schweren Krankheit befallen worden, von der er sich noch nicht erholt hätte. An derselben Krankheit ist er auch in den letzten Tagen des Jahres 1839 gestorben.

So hatte er denn in diesem Traume vom Jahre 1820 alle die großen Ereignisse seiner erzbischöflichen Laufbahn geschaut, und das Ende derselben war ihm angekündet durch die Erscheinung von Ordensmännern, die bald darauf in meiner Person von der hohen Kanzel in Notre-Dame herab dem Volke das Evangelium verkünden sollten.

## Sechstes Kapitel.

**Anfang der Ausführung des Planes. Das Noviziat im Kloster de la Quercia. Aufenthalt im Kloster der heiligen Sabina.**

Ich mußte natürlich den Anfang mit Rom machen. Ich begab mich dahin und kam am Tage der Himmelfahrt Mariä 1838 an. Der General des Prediger-Ordens, dem ich sogleich mein Vorhaben eröffnete, gab mir sogleich seinen Beifall und händigte mir ein Diplom ein, kraft dessen er mich amtlich bevollmächtigte, an der Wiedereinführung des Ordens in Frankreich zu arbeiten. Zugleich versprach er mir von seiner Seite allen Schutz. Sobald ich diese Versicherung einmal in Händen hatte, mußte ich mein Augenmerk auf Frankreich und die öffentliche Meinung richten. Ich schrieb in einigen Monaten, während ich zwischen Rom und Paris hin und her reiste, „die Denkschrift zur Wiedereinführung des Prediger-Ordens in Frankreich," eine kurze, gedrängte und lebhafte Vertheidigungsschrift. Dieselbe behandelte die allgemeine Frage von der Berechtigung des Gewissens zu einem vom Evangelium empfohlenen Leben nach den drei Gelübden der Armuth, der Keuschheit und des Gehorsams, und entwarf in einigen Kapiteln ein lebendiges Bild von den Gesetzen und der Geschichte des Dominikaner-Ordens. Einige berühmte und in der Welt bekannte Namen, wie der eines Bartholomäus de las Casas, des Savonarola, des heiligen Thomas von Aquin, wurden wieder in Erinnerung gebracht. Das Ganze beschloß ich mit einem langen Kapitel über die Inquisition, worin eine Menge Irrthümer über den Ursprung und den wahren Charakter dieser sonderbaren Anstalt aufgedeckt wurde. Diese „Denkschrift" wurde an alle Mitglieder der Pairskammer und der Kammer der Abgeordneten abgesendet. Sie fand guten Absatz und verschaffte den Ideen, welchen ich mein Leben geweiht hatte, Eingang in der öffentlichen Meinung. Dieselbe verschaffte mir auch meinen ersten Jünger. Es war dieß ein junger Mann, der Sohn eines reichen Fleischers in Paris, Namens Réquédat.

Réquédat's Geist hatte in der politischen und ökonomischen Schule des Herrn Buchez einen höhern Aufschwung genommen. Bisher in einen gemeinen Materialismus versenkt, hatte das Wort seines Meisters ihm die Augen für etwas Besseres geöffnet. Gott hatte sich ihm kundgegeben in der Natur und im Menschengeschlechte, und die Lektüre des Evangeliums, die ihm Jesum Christum offenbarte, hatte seinen Geist vollends für die Wahrheit gewonnen. Ich weiß nicht, durch welche Hand ihm meine Denkschrift zukam. Er hatte sie mit feuriger Begeisterung gelesen, und plötzlich von der speculativen Auffassung der göttlichen Dinge zum Verlangen nach apostolischer Thätigkeit übergehend, war er gekommen, sich mit mir zu besprechen. Ich nahm ihn auf wie einen von Gott gesendeten Bruder. Keine Frage ward besprochen, keine Aufklärung ward verlangt, keine Furcht ward kundgegeben. Es war dieß ein Wanderer, der vollkommen bereit war, mein armes Schifflein zu besteigen, und der sich gar nicht kümmerte um das unbekannte Weltmeer, dessen Wogen er durchsegeln sollte.

Aehnliche Seelen traten auch später ein, aber keine schöner, keine reiner und ergebener, keine mit dem Gepräge einer so seltenen Vorbestimmung an der Stirne. Er hatte vor allen Andern den Ruhm, mein erster Gefährte zu sein, und der Tod, der ihn bald durch einen allzu raschen Machtspruch abrief, hinterließ in meiner Erinnerung sein Bild in einer Jungfräulichkeit, die nie getrübt ward.

Ich will nicht von einem andern jungen Geistlichen reden, der sich uns anschloß, weil er gar bald seinem Schritte untreu wurde und uns, Réquébat und mich, in den Wagnissen, in die wir uns gestürzt, allein ließ.

Es war Frühling des Jahres 1839. Ich machte mit Réquébat wieder denselben Weg von Paris nach Rom, den ich schon dreimal zurückgelegt hatte; aber bei den frühern Reisen bestürmten Zweifel und Unruhe meinen Geist. Dießmal war Alles lichthell wie der Himmel, unter dem wir reiseten. Die Grundzüge meines Lebens erschienen mir deutlich vorgezeichnet. Ich hatte jetzt nur noch die Conferenzen in Notre-Dame zu Ende zu bringen und in Frankreich den Orden wieder aufzurichten, in den ich einzutreten im Begriffe war.

Mein Gefährte erleichterte mir noch mein Herz durch die Heiterkeit seines Angesichtes und durch die Unverzagtheit seiner Hingebung. So war denn diese Reise so zu sagen ein fortwährendes Fest.

Wir nahmen zu Rom das Ordensgewand in der Kirche della Minerva am 9. April 1839, und man sendete uns fast augenblicklich in das Kloster la Quercia, in der Nähe von Viterbo, daß wir daselbst unser Noviziat durchmachen sollten. Dieses Kloster hatte eine liebliche

Legende. Es war im fünfzehnten Jahrhundert um ein wunderbares Bild der seligsten Jungfrau herum, das man in einem Walde zwischen den Aesten einer Steineiche aufgefunden hatte, erbaut worden. Die Stadt Viterbo hatte es erbaut, und unschlüssig, welchem Orden man es anbieten sollte, hatte der Magistrat beschlossen, sich eines Morgens zu jenem Stadtthor zu begeben, von welchem die Straße nach Florenz führt, und daselbst die Schlüssel zum neuen Kloster dem Ordensmanne zu übergeben, der zuerst kommen würde. Das glückliche Loos traf den General unseres Ordens, der dann unverzüglich vom Kloster la Quercia Besitz nahm. Dieser Convent hatte eine herrliche Kirche, ein schönes Klostergebäude, einen großen, mit Weinstöcken und Olivenbäumen bepflanzten Park, und ringsumher steil abfallende Thäler, Waldungen und Berge. Unser Aufenthalt während eines Jahres daselbst war sehr friedselig, unter der Leitung eines ehrwürdigen Greises, der Prior des Klosters war und P. Palmegiani hieß. Unsere Profeß fand statt am 12. April 1840. Der Prinz und die Prinzessin Borghese waren dabei gegenwärtig, und auf unserer Rückkehr nach Rom, die einige Tage später stattfand, kamen mehrere junge Franzosen uns entgegen, um uns zu bewillkommnen.

Wir bekamen unsern Aufenthalt im Kloster der heiligen Sabina auf dem Aventinerberge. Der Bruder Réquébat, von der Freude über das von ihm dargebrachte Opfer fast erschöpft, war von der Lungenschwindsucht befallen worden und mußte bald unterliegen. Allein die Vorsehung hatte Fürsorge getroffen, daß ich nicht allein bleibe. Drei andere Franzosen waren gekommen, sich an uns anzuschließen, und wohnten mit uns im Kloster der heiligen

Sabina. Der erste, Namens Piel, war ein Architekt, dessen Ruf eben anfing, sich auszubreiten; der zweite, Namens Besson, war ein junger Maler, der mit seiner Mutter nach Rom gekommen war, um da die großen Vorbilder der Kunst zu studiren. Beide kamen wie Bruder Réquédat aus der Schule des Herrn Buchez und hatten aus derselben mit dem christlichen Glauben zugleich auch den Eifer heiliger Opferwilligkeit geschöpft. Man wird sich vielleicht darüber wundern, daß eine mehr politische als religiöse Schule mehrere ihrer Schüler ins Kloster schickte; allein es war damals in Frankreich eine außerordentliche Gährung in den Lehrmeinungen, etwas, was an die ersten Jahrhunderte der Kirche erinnerte, wo man Philosophen vom Plato zum Evangelium und von der menschlichen Weisheit zu der von Gott geoffenbarten Weisheit übergehen sah.

Die Geschichte des jüngern Besson war eigenthümlich. Aus den Thälern des Jura durch seine arme Mutter nach Paris gebracht, war er mit derselben in das Haus des Pfarrers von Notre-Dame de Lorette gekommen. Dieser wohlthätige Mann hatte ihn auf eigene Kosten in ein Pensionat zu Paris gebracht, wo er geringe Fortschritte machte. Mehrmals redete man dem Pfarrer zu, in Betreff dieses Knabens mehr der Stimme der Vernunft als der seines Herzens zu folgen. Allein immer antwortete dieser mit einer Art prophetischer Vorahnung: „Haben Sie Geduld! Eine Stimme sagt mir, dieser ungelehrige Schüler werde einst noch ein Werkzeug in der Hand Gottes werden." Diese Ueberzeugung war in ihm so fest, daß er sterbend dessen Mutter vierzigtausend Franken, wie ich glaube, sein ganzes Vermögen, vermachte. Die Vorahnungen des frommen Pfarrers gingen in Erfüllung, und das Kloster zur **heiligen Sabina** erhielt durch die Aufnahme des jungen **Besson** in seiner kleinen französischen Pflanzstätte einen Zuwachs von Frömmigkeit und Gnade, der in sich eine Fülle des Segens barg.

Der **dritte Gefährte**, der zu **Piel** und **Besson** noch hinzukam, war ein junger Geistlicher aus der Diöcese **Nanzig**, der früher Vorstand des kleinen Seminars zu **Pont-à-Mousson** gewesen war. Ich hatte ihn zu **Metz** kennen gelernt, als ich daselbst im Jahre 1838 Predigten hielt, und er hatte von dortan einige Zuneigung gegen mich kundgegeben.

Wir lebten im Kloster der **heiligen Sabina** mitten unter herrlichen Denkmälern unseres Ordens. Alles war voll von Erinnerungen an den heiligen **Dominicus**, an den heiligen **Hyacinth**, an den seligen **Ceslas**, an den heiligen Papst **Pius** V. Man zeigte im Garten zwischen Ziegelmauern einen alten Orangenstamm, den nach Aussage der Tradition der heilige **Dominicus** mit eigener Hand gepflanzt hatte. Während unseres Aufenthaltes daselbst wuchs aus seinem Fuße ein junger, kräftiger Trieb, der alsbald Blüthen und Früchte ansetzte. Man deutete diese Erscheinung als eine Art Weissagung von einer Verjüngung des Ordens und des Geistes unseres heiligen Stammvaters, und unsere Glaubenswilligkeit nahm diese Ermuthigung mit Freuden auf. Die Tage gingen uns schnell dahin unter den gewöhnlichen Uebungen des Ordenslebens und unter Zusammenkünften, in denen wir uns alle Mühe gaben, in die Tiefen der Lehre des heiligen **Thomas** einzudringen. Einige

Franzosen kamen, uns als eine Merkwürdigkeit zu sehen.
Allein der Friede, der hier herrschte, die gehobenen Unter=
haltungen des Bruders Piel, das Engelangesicht der
Brüder Réquébat und Besson erweckten gar bald in
ihnen den Gedanken, die Gnade Gottes keime in diesen
drei oder vier Kornähren und werde seiner Zeit zur
Blüthe kommen.

Indessen verschlimmerte sich die Krankheit Réquébat's, und wir sahen ihn in unsern Armen den Geist aufgeben
am 2. September 1840. So gab auch der Tod uns
seine Weihe und wählte aus uns die Seele aus, die
offenbar am besten vorbereitet und am meisten würdig
war, zu Gott aufzusteigen, um vor ihm für uns zu sprechen.
Wir begruben diesen sanften und kraftvollen jungen Mann
in der Kirche der heiligen Sabina selber, und der
Wanderer sieht daselbst noch sein bescheidenes Grabmal
aus Backsteinen, mit einer Inschrift, die seines Namens,
seines frühzeitigen Todes und des Werkes Erwähnung
thut, dessen Erstling er gewesen.

Nun war die Zeit für uns gekommen, nicht zwar in
Frankreich wieder einzuziehen, wohl aber, ihm einen Augen=
blick unsere Wiederauferstehung vor Augen zu führen.
„Das Leben des heiligen Dominicus" sollte mein
Vorläufer sein. Ich hatte dasselbe im Kloster „la Quercia"
nach den ersten Quellen des dreizehnten Jahrhunderts
verfaßt, und es hatte die Bestimmung, in aufrichtigen
Gemüthern eine wahre Vorstellung von dem angeblichen
Stifter der Inquisition zu begründen.

## Siebentes Kapitel.

**feierliche Einführung des Ordens in Notre-Dame zu Paris.
Rückkehr nach Rom. Ungnade und Zerstreuung.**

Ich reiste durch Frankreich in dem Mönchsgewande, das man daselbst seit fünfzig Jahren nicht mehr gesehen hatte. Da und dort kam man mir mit Zeichen von einiger Verwunderung entgegen. Zwei oder drei Male wollten diese Zeichen der Verwunderung einen aggressiven Charakter annehmen. Ich achtete gar nicht darauf und gewöhnte das Publicum, mich in dieser Gestalt zu sehen, wie ich mich selbst daran gewöhnte, vor demselben in der Waffenrüstung einer vergessenen Vorzeit aufzutreten. Es war der Winter des Jahres 1841. Herr Affre saß auf dem erzbischöflichen Stuhle von Paris, und dieser Umstand gab mir die Zuversicht, daß keine zaghafte Furcht der Kundgebung, die ich vorhatte, ein Hinderniß setzen werde.

Der neue Erzbischof, ein Mann voll Muth und Geradheit, war gegen mich immer günstig gesinnt gewesen. Er bewillkommte mich, wie sein Vorfahrer es gethan hätte, nur vielleicht mit einem stärkern Zusatze von Mannhaftigkeit. Als ich ihm meine Absicht aussprach, auf der Kanzel von Notre=Dame in meinem alten, mittelalterlichen Ordensgewand aufzutreten, hatte er keine Widerrede, und er ließ mich selbst den Tag bestimmen, der mir der geeignetſte ſchien. Es waren jetzt fünf Jahre vergangen, ſeitdem man mein Wort in Paris nicht mehr vernommen hatte. War es immer dasſelbe? War nicht zu befürchten, daß das Ordensgewand es unter der Laſt ſeiner Unpopularität erſticke? Hatte nicht der ehrwürdige P. Ravignan, mein Nachfolger in Notre-Dame, durch ſeine Erfolge den Zauber der meinigen gebrochen? Was werden Regierung, Volk und Tagesblätter ſagen, wenn die blutige Erſcheinung eines Inquiſitions-Mönches ſie ſo herausfordert? — Alle dieſe Fragen, die Jedermann an ſich ſtellte, bildeten für meinen Vortrag einen beredten, aber unvermittelten und gefährlichen Eingang.

Endlich trat ich mit meinem geſchorenen Kopfe, in meinem weißen Gewande und mit meinem ſchwarzen Mantel in Notre-Dame auf. Der Erzbiſchof ſaß an erſter Stelle, der Siegelbewahrer, Miniſter des Cultes, Herr Martin (du Nord), wollte ſelbſt ſich Rechenſchaft geben von einem Auftritte, deſſen Ausgang kein Menſch vorausſehen konnte. Viele andere hervorragende Männer verbargen ſich unter den Verſammelten in Mitte einer gedrängten Menge, die ſich von der Pforte bis zum Altar hin ergoß. Ich hatte den „Beruf der franzöſiſchen Nation" zum Gegenſtande meines Vortrages gewählt, um die Kühnheit meines Auftretens durch die Popularität der Gedanken zu decken.

Es gelang mir, und Tags darauf lud mich der Siegelbewahrer zu einem Gaſtmahle von vierzig Gedecken ein, das er in ſeinem Amtspalaſte gab. Während des Mahles wendete ſich Bourbeau, ehemaliger Juſtizminiſter unter Carl X., gegen einen ſeiner Tiſchgenoſſen hinüber und ſprach: „Welch' ſonderbarer Wechſel der Dinge auf dieſer

Welt! Hätte ich, als ich noch Siegelbewahrer war, einen Dominicaner zur Tafel geladen, so hätte man Tags darauf meinen Palast niedergebrannt." Indessen ging es ohne Brandlegung ab; ja nicht einmal ein Journal forderte den weltlichen Arm heraus, mein Auto da Fé zu rächen. Nach Vollendung dieser Demonstration nahm ich fünf neue Rekruten mit mir nach Rom. Einige andere gewannen wir in Rom selber unter den jungen Männern, die sich daselbst vorübergehend aufhielten. Ich war so glücklich, im alten Kloster zum heiligen Clemens, wohin man uns versetzt hatte, zwölf Franzosen um mich vereint zu sehen, die allesammt bereit waren, das Ordensgewand der Prediger-Brüder zu nehmen.

Nach einer huldvollen Audienz bei Gregor XVI. begannen wir die Exercitien zur Vorbereitung für die Einkleidung. Wir hatten den Chor der Kirche des heiligen Clemens mit Blumen und Laubzweigen verziert, und Alles um uns zeugte von der Freude, von der wir erfüllt waren. Aber eben diesen Augenblick benützte der Feind, um über uns herzufallen. So lange mein Vorhaben Allen nur als das Hirngespinnst eines abenteuerlichen Kopfes vorgekommen war, hatte kein Mensch daran gedacht, ihm ein Hinderniß in den Weg zu legen. Man erwartete von der Zeit allein den Zusammensturz eines so schwärmerischen Projektes. Allein jetzt stand die Sache anders. Die Veröffentlichung meiner „Denkschrift" und des „Lebens vom heiligen Dominicus", der glänzende Erfolg meines Vortrages in Notre-Dame, meine eigene Einkleidung und Profeß und endlich diese ausgezeichneten jungen Leute, welche die Stunde kaum erwarteten, wo sie meinem Beispiele folgen konnten — dieß Alles hatte die

Eiferfucht und die Furcht meiner Gegner in allen Schichten aufgeregt.

Eines Abends, da wir eben von einem Spaziergange im Kreuzgange von St. Clemens zurückkehrten, kam uns ein Befehl vom Staatsfekretariat zu, wir sollten Rom verlassen und hingehen, wohin wir wollten, um das Ordensgewand zu nehmen und unser Noviziat durchzumachen. Ich antwortete, wir würden sogleich am folgenden Tage dem Befehle nachkommen. Allein am folgenden Tage schon in aller Frühe kam uns ein zweiter Befehl zu, der mir auftrug, in Rom zu bleiben, indeß die Hälfte meiner Genossen in das Kloster la Quercia und die andere Hälfte in das Kloster von Bosco in Piemont sich zu begeben hätte. Die Absicht war deutlich zu erkennen. Man hoffte, indem man uns trennte, uns aufzulösen, und erwartete, diese drei Trümmer würden, ihrer Wurzel und Einheit beraubt, nicht mehr im Stande sein, ihre Lebenskraft zu bewahren. Allein darin hatte man sich geirrt. Unsere Zerstreuung glich der babylonischen Gefangenschaft. Sie entflammte die Seelen mit weit glühenderem Opfermuthe, und kein einziger Abfall hatte statt in dieser kleinen, ihrem Hirten entrissenen Heerde.

Meine Anwesenheit in Rom war jetzt nicht mehr nothwendig. Gegen das Ende des Herbstes im Jahre 1841 bat ich um die Erlaubniß, nach Frankreich zurückkehren zu dürfen, um dort zu predigen. Ich besuchte im Vorbeigehen unsere Verbannten im Kloster la Quercia und zu Bosco und ermuthigte sie, soviel ich konnte, durch die Aussicht auf unsere baldige Niederlassung in Frankreich, die ich nun ernstlich betreiben wollte.

## Achtes Kapitel.

**Predigten zu Bordeaux und in Nanzig. Der Bruder Saint-Beaussant. Erste Stiftung in Nanzig.**

Meine Wirksamkeit als Prediger in Bordeaux währte fünf Monate lang, und keine Stadt außer Paris schien mir so empfänglich für das Wort, wie diese. Ich gewann mir die Gemüther in dem Grade, daß es mir leicht gewesen wäre, daselbst das erste Haus unseres Ordens zu errichten. Allein abgesehen davon, daß ich noch nicht genug Ordensbrüder zu meiner Verfügung hatte, schien auch der Erzbischof nicht geneigt, uns seinen Beistand zuzusichern.

Ich brachte den Sommer des Jahres 1842 in Bosco und den ganzen darauffolgenden Winter in Nanzig zu. Diese Stadt hatte weitaus nicht denselben Eifer wie Bordeaux. Und dennoch war sie es, welche die Vorsehung ausersehen hatte, die Stätte unserer ersten Klosterstiftung zu sein. Es fand sich nämlich unter meinen Zuhörern ein noch junger Mann, der frei und ledig sich im Besitze eines Vermögens befand, das zwar nicht sehr beträchtlich war, aber ihm dennoch einen weiten Spielraum zur Befriedigung seiner edeln und wohlthätigen Neigungen gewährte. Er war Künstler, vielgereist, mit einer merkwürdigen Unterhaltungsgabe ausgestattet und von einer Liebenswürdigkeit, die Jedermann entzückte. So hatte er bisher in den zwar ehrsamen, aber eiteln Vergnügungen einer Gesellschaft, deren Liebling er war, sein Leben hingebracht, im Uebrigen allen ernsten religiösen Gedanken entfremdet. Und demungeachtet war er mit dem unsichtbaren Zeichen der Auserwählten bezeichnet. Einige Monate vorher, auf der Rückkehr von einer Reise nach Italien, war er zufällig in einer Kirche zu Marseille eingetreten und hatte daselbst den ersten Ruf Gottes vernommen. Von da an trug er den verhängnißvollen Pfeil in seiner Seele, und diese irrte hin und her auf jenen heißen Grenzgebieten, wo die Welt und das Evangelium sich ihre letzten Schlachten liefern. Die Erleuchtung war nicht mehr zweifelhaft, allein sie übte noch keine vollkommene Herrschaft über ihre neue Eroberung aus. Dietrich von Saint-Beauffant, so hieß er, zählte bald zu den jungen Lothringern, welche aus meiner Predigt eine Herzensangelegenheit und zugleich auch eine Angelegenheit des Glaubens machten. Vorsichtig bei allem Feuer der lebendigen Phantasie, entzückte er mich ebenso durch seinen Eifer wie durch seine Festigkeit, und es dauerte lange, bis ich seinen Entschluß, der in seinem Geiste sich durcharbeitete, ahnen konnte. Alle Schüler, die aus dem Laienstande zu mir gekommen, waren hingerissen von einem Enthusiasmus, dessen sie so zu sagen nicht mehr Meister waren. Herr von Saint-Beauffant beherrschte sich ohne Anstrengung. Endlich eröffnete er sich mir bezüglich eines Planes, den er vorhatte, uns in Nanzig ein Haus einzurichten, und wir zogen beide im Einverständnisse darüber Erkundigungen beim obersten Leiter der Diöcese ein, der damals Herr Menjaud, Coadjutor des bischöflichen Stuhles mit dem Rechte der Nachfolge, war.

Dieser hatte den Muth, uns sein Wort zu geben, ohne
das Ministerium um seine Meinung zu fragen, und ob=
wohl er voraussah, daß unser Unternehmen nicht ohne
Schwierigkeiten sowohl von Seite der öffentlichen Meinung
als von Seite der Regierung zu Stande kommen werde.
Saint=Beaussant kaufte uns also ein kleines Haus
an, das höchstens für fünf oder sechs Ordensmänner Raum
zum Wohnen bot. Unsere Freunde richteten es mit dem
nothwendigsten Hausgeräthe ein. Man errichtete in einem
Zimmer einen Altar, und gerade am Pfingstfeste des
Jahres 1843 nahm ich davon Besitz. Alles war klein,
eng, so bescheiden als möglich. Aber indem ich bedachte,
daß wir seit fünfzig Jahren in Frankreich nicht einen Zoll
Erde unter unsern Füßen und nicht einen Ziegel über
unserm Haupte zu unserm Schutze hatten, war ich darüber
unaussprechlich erfreut. Einige Tage nachher erhielten wir
eine herrliche Bibliothek von zehntausend Bänden,
welche der Pfarrer an der Kathedrale, Abbé Michel,
seinem Neffen mit der ausdrücklichen Bedingung vermacht
hatte, dieselbe dem ersten Vereine von Ordensmännern,
der sich in Nanzig niederließe, zum Geschenke zu machen.
Später vollendete Saint=Beaussant seine Stiftung
selber noch dadurch, daß er eine Kapelle, ein Refectorium
und einige Zellen zur Beherbergung der Gäste daran
baute. Er selber war der erste; und wie früher berühmte
Klosterstifter im Schatten der von ihnen erbauten Klöster
die Ruhe von den Mühen des Lebens suchten, so machte
er sich eine Freude daraus, bei uns zu wohnen. Obwohl
von schwächlicher Gesundheit, die ungemeine Schonung
erforderte, wollte er sich doch an unsere Nahrung binden
und allmählich seine Kräfte in den Strengheiten versuchen,

die er einst zu üben wünschte. Ich hatte das Glück, ihn als Novizen aufzunehmen. Die große Veränderung in seiner Lebensweise hatte durchaus keine Veränderung in der Annehmlichkeit seines Umganges zur Folge. Er bewahrte unter dem Ordensgewande all die Anmuth seiner schönen Natur. Munter, einfach, einnehmend stimmte er Jeden, mit ihm Gott zu lieben. Wir hatten ihn nicht lange. Er starb im Jahre 1853 in unserm Kloster zu Oullins und wurde in der Kapelle dieser Stiftung begraben. Ich brachte über seinem Grabe eine Inschrift an, wie ich auch für Bruder Réquébat gethan. Beide waren in verschiedener Weise die Erstlinge unseres wiedererstandenen Ordens. Der Bruder Réquébat gab mir die erste Seele zum neuen Bau; Bruder Saint=Beaussant gab mir den ersten Stein dazu.

## Neuntes Kapitel.

**Wiedereröffnung der Conferenzen in Notre-Dame zu Paris. Stand der Geister und der Verhältnisse in diesem Momente. Zweite Klosterstiftung zu Chalais bei Grenoble.**

Nichts stand mehr im Wege, die Conferenzen in Notre=Dame wieder aufzunehmen und die beiden Unternehmen, die Ausbreitung des Ordens und die Conferenzen in Paris, von nun an mit einander in Gang zu erhalten, so daß das eine dem andern zur Stütze diente. Herr Affre hatte, seitdem er den erzbischöflichen Stuhl bestiegen, mir mehrmals darum angelegen. Jetzt drang er auf's Neue in mich, und nachdem ich für meinen Orden das Heimathsrecht erlangt hatte, fand ich keinen Grund mehr, mich zu weigern. Der ehrwürdige P. Ravignan behielt für die Reihenfolge seiner Predigten die Fastenzeit, und ich nahm für mich die Adventzeit. Ich fand nach sieben Jahren mein Auditorium gerade so, wie ich es verlassen hatte, jugendlich und voll Theilnahme. Allein der allgemeine Stand der Verhältnisse und der Gemüther war bei Weitem nicht mehr derselbe. Ein leidenschaftlicher und allgemeiner Kampf um die Rechte der Kirche war auf die Ruhe von 1835 und 1836 gefolgt. Der König schien erschrocken über meine Rückkehr mitten in diesen aufgeregten Verhältnissen. Er ließ den Erzbischof zu sich in die Tuilerien kommen und versuchte da während einer ganzen Stunde in Gegenwart der Königin beim Erzbischofe es auszuwirken, daß ich die Kanzel nicht besteigen sollte, auf der man mich erwartete. Der Erzbischof antwortete ihm mit Festigkeit: „Der Pater Lacordaire ist ein guter Priester, er gehört meiner Diöcese an, er hat hier schon mit Ehren geprebigt. Ich selbst habe aus freiem Antrieb ihn zurückgerufen und ihm öffentlich mein Wort gegeben. Ich könnte es jetzt nicht mehr zurücknehmen, ohne mich in den Augen meiner Diöcese und des ganzen Landes zu entehren." Da der König den entschlossenen Muth des Erzbischofs nicht beugen konnte, sagte er zum Schlusse noch: „Wohlan denn, Herr Erzbischof, wenn ein Unglück geschieht, so mögen Sie wissen, daß Sie weder einen Soldaten, noch einen Nationalgardisten bekommen werden, um Sie zu beschützen."

Dieser Auftritt, der alsbald bekannt wurde, enthüllt für sich allein schon den Grad der damaligen Aufregung der Parteien. Es war jetzt nicht mehr bloß ein berühmter Mann, umgeben von einigen Schülern, der Protest einlegte gegen die Unterdrückung der christlichen Societät in Frankreich, sondern es war der ganze Episkopat, unterstützt von all' den Seelen, die auf ihren Glauben noch einen Werth legten. Die Bischöfe veröffentlichten Hirtenbriefe, muthvolle Stimmen ließen das Echo derselben in den beiden Kammern erschallen. Eine rührige Presse wiederholte ihre Klagen und brachte immer neue vor. Endlich hielten Vereine und Comité's alle diese Aktionsmittel in Athem, indem sie ihnen einen gemeinsamen Mittelpunkt und einen gemeinsamen Anstoß gaben. Zum ersten Male seit dem Jahre 1789 verlangte die Kirche Frankreichs wieder ihre Freiheit und erwartete dieselbe nicht mehr von einem Fürsten oder von einer Partei. Wie war diese Umgestaltung zu Stande gekommen? Wie hatte endlich eine so langmüthige Geduld einem so kriegerischen Muthe Platz gemacht? Wie konnten sich, namentlich nach Unterdrückung des „Avenir", die Bischöfe auf dessen Lehren berufen zum großen Erstaunen der weltlichen Macht, die, von dem Ruhme und dem Genie des Lamennais befreit, der Meinung war, sie habe es nur mehr zu thun mit einer Kirche ohne Organ, die in den Fesseln des Verwaltungsdespotismus entnervt war? Diese Erscheinung war allerdings räthselhaft, und sie verdient es, daß wir ihren Ursachen nachforschen.

Im Jahre 1789 hatte die alte Kirche Frankreichs sich in der constituirenden Versammlung tapfer vertheidiget und in aller Aufrichtigkeit ihre Sache mit den neuen Geschicken des Landes zu vereinigen gesucht. Ausgeschlossen vom nationalen Rechte durch die Knechtschaft, welche ihr die bürgerliche Constituirung des Klerus auferlegte, hatte sie auf dem Blutgerüste und in der Verbannung einen Protest aufrecht erhalten, der, indem er ihre Ehre rettete, ihr wieder emporhalf aus dem schmachvollen Zustande des achtzehnten Jahrhunderts. Als der erste Consul, in der klaren Einsicht, daß es in Frankreich keine andere Religion gebe, als die katholische, ihr durch das Concordat wieder die Aufnahme in das öffentliche Recht Frankreichs verschaffte, hatte diese verstümmelte und verarmte Kirche, durch eine so große Wohlthat geblendet, mit genauer Noth noch so viel Muth, als nothwendig war, um nicht der Allmächtigkeit des Herrn der Welt die Majestät und die Freiheit des Papstthums zu opfern. Im Jahre 1814 nach der Befreiung aus dieser eisernen Hand, die Alles gefesselt hielt, ohne für irgend einen Gedanken oder Fortschritt eine Entschädigung zu bieten, hatte sie alle ihre Hoffnungen auf die Dynastie der Bourbonen gesetzt, in der Ueberzeugung, daß nicht von der Verfassung, sondern vom Herzen der Regenten das Heilmittel für all ihre Leiden kommen müßte. Die Revolution vom Jahre 1830 hatte sie nicht eines Bessern belehrt, und als Abbé Lamennais ihr ein anderes Panier geben wollte, als den weißen Federbusch Heinrichs IV., und eine andere Stärke, als die des guten Willens ihrer Könige, stieß sie ihn als einen von dem Geiste der Revolution erfüllten Neuerer von sich. Und siehe da, zehn Jahre später tritt sie dennoch in die Fußstapfen des Mannes, den sie verkannt hatte. Ihre Bischöfe fordern im Namen der Verfassung, kraft des gemeinen Rechtes, die Freiheit des Unterrichtes, die mit allen politischen, bürgerlichen und religiösen Freiheiten des modernen Europa unzertrennlich verbunden ist. Man gründet Vereine, man reicht Adressen an die Kammern ein, man bearbeitet die öffentliche Meinung, und der Graf Montalembert, einer der berühmtesten Schüler Lamennais', steht an der Spitze der ganzen Bewegung, ermuthiget sie durch seine Beredtsamkeit in der Pairskammer und hält sie außer derselben durch seine unverwüstliche Thätigkeit aufrecht. Und da es den Anschein haben konnte, daß ein solches Auftreten im Widerspruche mit der Encyclica Gregors XVI. vom 15. August 1830 stehe, schreibt ein Bischof einen theologischen Commentar zu diesem Aktenstücke, worin er den Gedanken des damals noch lebenden Papstes durch die Schranken einer freisinnigen Erklärung umschreibt. Rom schweigt, die Gesellschaft Jesu stimmt zu, und ich in meinem Ordensgewande trete in Notre-Dame auf als die Verwirklichung einer von den Freiheiten, die im Munde und im Herzen aller Katholiken leben. Auch der König sieht die Sache so an, und der Erzbischof der Hauptstadt selber vertheidigt mich in meinem Ordensgewande, das unerwarteter Weise das Symbol nicht der Inquisition, sondern der Befreiung geworden ist. Was war denn inzwischen geschehen? Etwas Großes. Die Zeit war dahingegangen, und da in ihrem Verlauf die Knechtschaft der Kirche immer noch drückender geworden, ohne daß ein Wunder oder ein Fürst ihr zu Hülfe gekommen wäre, so mußte man jetzt wohl auf ein anderes Mittel denken als die Hoffnung, auf eine andere Thätigkeit als das außerordentliche Eingreifen Gottes, das nur äußerst selten in der Leitung der menschlichen Geschicke sich kundgibt. Was das Jahr 1830 nur einigen Geistern klar gemacht hatte, war nach und nach allgemeine Gesinnung geworden; das Wort des „Avenir" trieb als fruchtbare Asche Sprossen aus seinem Grabe hervor, und der Sturz des Abbé Lamennais, der durch seine eigene Schuld als Sühnopfer gefallen war, hatte vom Schlachtfeld einen Feldherrn entfernt, der zu viel Feinde hatte, als daß er noch irgend eine Sache, ein Recht, eine Idee hätte zum Siege führen können. An seine Stelle war Montalembert getreten, der in kein philosophisches oder theologisches System verwickelt war. Dieser jugendliche Anführer vereinigte in sich die Geschmeidigkeit, welche gewinnt, das Feuer, welches hinreißt, den hohen Rang, der anzieht, die Rednergabe, welche bewegt, und die Thätigkeit, welche keine Ermüdung kennt. Es war übrigens eine bewunderungswürdige Wahl, die Freiheit des Unterrichtes als die Fahne dieses Krieges aufzupflanzen. Schon seit dem Jahre 1814 herausgefordert, auch schon vor 1830 von dem jüngern Theil des französischen Liberalismus als eine nothwendige Folge der Zeitlage anerkannt, in die neue Verfassung aufgenommen, unaufhörlich versprochen und unaufhörlich verweigert, hatte sich dieselbe endlich aller Geister bemächtiget und war unter Ungläubigen und Christen, unter aufrichtig Liberalen und Scheinliberalen eine jener moralischen Positionen geworden, um welche die Lehren und Weltordnungen sich drehen.

Es war überdieß eine allzu auffallende Ungereimtheit, daß in einem katholischen Lande den christlichen Familien verwehrt sein sollte, ihre Kinder durch Lehrer, die wenigstens ihres Glaubens sind, erziehen zu lassen. Daher kam es, daß der Abscheu vor einer solchen Vergewaltigung naturgemäß von Tag zu Tag wuchs, und daß dieselbe sogar den gemäßigtsten Geistern unerträglich wurde. Konnte ein Bischof noch bestehen, wenn seine Seele stets einer so tiefen und so natürlichen Gewissenspein preisgegeben war? Konnte er, nur um des Friedens willen, fortwährend die Seufzer der Mütter und dieß frühzeitige Hinwelken des Glaubens in den Herzen der Nachkommen mißachten?

Um hiefür fortwährend gefühllos zu bleiben, hätte es in Frankreich keine Väter, keine Mütter, keine Bischöfe, keine dieses Namens würdige Liberalen mehr geben dürfen und hätte der Glutwind des Unglaubens die natürlichsten Gefühle bis auf die letzte Quelle ausgetrocknet haben müssen. Es handelte sich also nicht mehr um Lamennais, nicht mehr um den „Avenir", selbst nicht mehr um die Encyclica des Papstes Gregor XVI.; sondern es galt, endlich einmal die heiligsten Eingebungen des Gewissens und die unüberwindlichsten Empfindungen des menschlichen

Herzens durch vereinte Kraft zu retten. Niemand hatte darin eine Frage der Eigenliebe oder des Parteigeistes gesehen. Und da der Glaube nicht gefährdet war, so kämpfte ein Jeder mit der einzigen Waffe, die noch das Recht in Händen hielt. Darum rufe ich diese Erinnerungen nicht als den persönlichen Triumph einer Schule wach, sondern als den gemeinsamen Ruhm Aller. Und wie die Kreuzfahrer am Tage, da das geknechtete Jerusalem für die Freiheit des Kreuzes wieder gewonnen war, alle Unterscheidungen und Rivalitäten der Nationen vergaßen, eben so gedachte man an dem Tage, da die Freiheit des Unterrichts endlich erkämpft war, nur mehr der einen Thatsache, daß man gemeinsam gekämpft hatte, um sie den Feinden der wahren Civilisation zu entreißen.

Meine Rückkehr nach Notre-Dame in Mitte dieses großen Kampfes hatte nun nicht mehr bloß den Charakter einer apologetischen, für die Jugend dieser Zeit berechneten Predigt, sondern sie wurde ein Zwischenfall dieses Kampfes und eine Frage der Freiheit. Alle faßten sie in diesem Sinne, und mein erster Vortrag ward der Gegenstand allgemeiner Erwartung. Junge katholische Männer kamen bewaffnet nach Notre-Dame und standen so unter meiner Kanzel, allerdings von einer überspannten Begeisterung hingerissen, die jedoch ein Zeugniß gab von der Beunruhigung der Geister. Mein Vortrag war schwach, jedoch so, wie er sein mußte, um von der öffentlichen Meinung einen Präliminar-Frieden zu erlangen.

Die Regierung war froh, einem Sturme entkommen zu sein. Sie gab sich jedoch noch einige Wochen lang Mühe, mein Ordensgewand der allgemeinen Neugierde zu entziehen. Später aber wurde sie dieser tyrannischen Kinderei müde, und von da an erlangte der Ordenshabit wieder auf allen Kanzeln und auf allen Straßen Frankreichs das Bürgerrecht, das er im Jahre 1790 verloren hatte. Dieß war in Wahrheit die erste Eroberung der Kirche Frankreichs auf dem großen und schwierigen Zuge der Freiheit. Sie wurde durch kein Gesetz erlangt noch auch bestätiget, sondern war das dreifache Resultat der Anforderungen des Gewissens, der verborgenen Kraft des Evangeliums und der Mäßigung der Regierung. Die Regierung wollte nämlich um Alles nicht den Schein der Verfolgungssucht auf sich laden, und als sie die öffentliche Ruhe gesichert sah, nahm sie stillschweigend hin, was sie nur durch Gewaltstreiche, die nicht in ihrer Absicht lagen, hätte hindern können.

So lange noch in einem Volke ernstere Elemente der Freiheit sind, arbeiten diese Elemente selbst ohne es zu wissen gegen Knechtung aller Art, und wie die Wahrheit nach Wahrheit und die Gerechtigkeit nach Gerechtigkeit schreit, ebenso verlangt in diesem logischen Zirkel der göttlichen und menschlichen Dinge die Freiheit wieder Freiheit. Nur solche Völker, die in den blutigen Krallen eines unumschränkten Despotismus erstickt sind, vermögen nichts mehr zu thun, um freier aufzuathmen, weil ihnen selbst die Luft fehlt, und weil der Mund ihrer Führer dem ihrigen als ehernes Siegel aufgedrückt ist. So weit war Frankreich noch nicht gekommen. Es hatte eine Verfassung, berathende Kammern, Tagesblätter, Schriftsteller und Redner, eine Religion, die ihm von der Seele kam. Und so lange ein Volk noch solche Waffen hat, so ist es seine Schuld, wenn es sich die gesetzlichen Rechte, die ihm noch mangeln, nicht selbst erwirbt.

Von da an ward meine apostolische Arbeit nicht mehr

unterbrochen. Erst nach der Fastenzeit des Jahres 1851 verließ ich die Kanzel von Notre=Dame wiederum, nachdem ich die Erklärung der Glaubenswahrheiten, deren innere Verkettung das Eigenthümliche meines Werkes ausmachte, vollendet hatte. Ich habe gesagt: nach der Fastenzeit; denn nachdem der ehrwürdige P. Ravignan, der sonst während der Fasten predigte, durch seine Gesundheitsverhältnisse genöthiget worden war, sich zurückzuziehen, übernahm ich natürlicher Weise auch für die wichtigste Zeit des Kirchenjahres die Vorträge. Da ich immer einen Theil des Winters frei hatte, so widmete ich, was mir vom Winter 1844 übrig blieb, der Stadt Grenoble. Daselbst gewann ich meinem Orden und mir selbst einige Freunde, deren freundliches Zutrauen alle Wechselfälle der Zeit überdauert hat. Auf ihren Rath und unter ihrem Beistande unternahm ich die zweite Klosterstiftung.

Fast zur selben Zeit, als der heilige Bruno mitten in dem rauhen Gebirge, das durch das Thalbett der Isère von den Alpen getrennt ist, die berühmte Karthause gründete, wollten einige Mönche vom Orden des heiligen Benedictus auf demselben Höhenzuge eine Reform zu Stande bringen, die nicht von langer Dauer war und auch keine große Berühmtheit erlangte. Aber statt sich im unzugänglichsten Theile dieser Wüste zu verstecken, wählten sie sich gegen Mittag hin zwischen Felsen, Wäldern und Wiesen eine sonnige Fläche, von wo aus sich die Aussicht durch zwei weite Ausschnitte einerseits über das Thalgebiet von Grésivaudan, andererseits bis zu der Ebene hin ausdehnt, in der die Saone und Rhone Lyon mit ihren Gewässern umfließen. In dieser lieblichen Einsamkeit erbauten sie ein Kloster, das sie Chalais nannten, und von dem sie selber den Namen Calesianer bekamen. Nachdem sich diese Ordensleute in diesem Kloster zweihundert Jahre gehalten hatten, überließen sie dasselbe den Mönchen der großen Karthause, die es dazu bestimmten, denjenigen von ihren greisen Mitgliedern, welche die in den Klöstern des heiligen Bruno gesetzlich vorgeschriebene Strenge nicht mehr aushalten konnten, einen mildern Aufenthalt zu verschaffen.

Zur Zeit der Revolution wurde dieser Besitz von dem ungeheuren Complexe, welcher das Besitzthum der großen Karthause ausmachte, getrennt und im Namen der Nation verkauft. Der letzte Eigenthümer kam, während ich in Grenoble meine Predigten hielt, zu mir und bot es mir zum Kaufe an. Ich kaufte es, nachdem ich die Einwilligung des Oberhirten der Diöcese, des Herrn Philibert von Bruillard, erlangt hatte. Obgleich schon zweiundachtzig Jahre alt, trug dieser ungeachtet seines Alters kein Bedenken, für uns sich der Gefahr eines Kampfes mit der Regierung auszusetzen. Der Vertrag wurde in größtem Geheimnisse unterzeichnet. Keine Vorbereitung zur Besitznahme fand statt, aus Furcht, die Aufmerksamkeit des Publicums und zumal des Präfekten zu erregen.

Ich erinnere mich noch recht gut des Tages, da ich vereint mit einigen jungen Ordensgenossen, die ich von Bosco hatte kommen lassen, von einem Landhause an den Thoren von Grenoble aus den Weg nach diesem theuern Berge von Chalais antrat. Wir mußten an seinem Fuße, am Rande der großen Heerstraße, den Wagen verlassen und brauchten drei Stunden, um seine steilen Abhänge und Krümmungen zu ersteigen. Wir kamen zur Zeit des

Sonnenunterganges an, ganz erschöpft, ohne Mundvorrath, ohne Einrichtung, ohne Geräthschaften, jeder sein Brevier unter dem Arme. Glücklicher Weise waren die Pächter noch nicht abgezogen, und wir hatten auf sie gerechnet. Diese machten uns ein großes Feuer, und wir setzten uns voll Freuden um einen Tisch zu einer Suppe und zu einer Schüssel voll Erdäpfel. Die Nacht, die wir auf Stroh zubrachten, schenkte uns tiefen Schlaf, und des andern Tages am frühesten Morgen konnten wir den prachtvollen Zufluchtsort bewundern, den uns Gott zubereitet hatte. Das Haus war ärmlich. Die Kirche mit ihren dicken mittelalterlichen Mauern war nur mehr ein Heuspeicher. Aber welch eine Majestät in diesen Wäldern! Welch ein Schwung in den Linien dieser Felsen, die sich über unsern Häuptern erhoben! Welch ein Reiz in diesen Wiesen, die mehr in unsrer Nähe ihre Rasen und ihre Blumen ausbreiteten! Lange, hundertjährige Alleen, von ungleichen Bäumen beschattet, führten uns in die verschiedenartigsten Schlupfwinkel, an den Rand von Felsenabhängen, an das Ufer von Waldströmen, in die dichtesten Tannen- und Buchenwaldungen, in ganz junge Holzschläge und endlich bis auf die höchsten Gipfel, welche gleichsam die Krone dieser zauberhaften Gegenden waren. Es brauchte Zeit, das Haus zu repariren und darin den kirchlichen Dienst zu ordnen. Allein die Entbehrungen waren uns lieblich in Mitte dieser seit sieben Jahrhunderten durch Gottes Gnade auserlesenen Natur, wo die Verwüstungen einiger Jahre noch nicht den Duft des Gott geweihten Alterthums verweht hatten. Die Glocke der Benediktiner und Karthäuser hing noch in dem mit Tannenschindeln bedeckten Thurm, und die Uhr, die für sie die Stunden des Gebetes geschlagen hatte, rief jetzt uns dazu.

Bald wurde bekannt, daß die Wüste von Chalais wieder aufgeblüht sei unter der Hand Gottes. Besuche kamen von allen Seiten, und der Ort, der bisher nur Forstwächtern und Holzhauern einen Aufenthalt gewährt hatte, wurde wieder ein Wallfahrtsort für fromme Seelen. Abends sangen wir in der zum Theil neurestaurirten Kapelle das Salve Regina nach dem Brauche unseres Ordens, und es war eine große Freude, von diesen Höhen herab den Psalmengesang im Tosen des Windes zu vernehmen, der bis zu den Engeln den Widerhall ihres eigenen Gesanges emporträgt.

Die Nähe der großen Karthause zögerte nicht, zwischen den beiden Häusern eine Brüderlichkeit zu gründen, die eine weitere Wohlthat war. Ein geheimnißvoller Weg führte vom einen zum andern über die Thäler und Höhen, welche uns von einander schieden. Wir hatten denselben gar bald entdeckt. Man brauchte sechs Stunden, ihn zurückzulegen. Bald hatte man auf einem schmalen Fußsteige an den Einbuchtungen der Felsen emporzuklettern, bald an grünen, zarten Wiesen hinzuwandeln, bald in dichte Wälder sich zu vertiefen, wo die Bäume nie durch Menschenhand gefällt werden, und wo man dann wieder auf freie Plätze kommt, die Gärten gleichen, bis man an eine Art Abgrund gelangt, in dem sich einsam in ihrer siebenhundertjährigen Ruhe die großartigen Gebäude erheben, die aus der Zelle des heiligen Bruno entstanden sind.

Dieser Weg durch die Wüste führte uns dann wieder zurück zu unserm armen Kloster, und wenn wir an einem gewissen Punkte anlangten, von dem aus unser Auge hinabschaute auf seine Dächer und seine Wiesen und bis hinaus an die weiße und reißende Strömung der Isère, so fanden wir immer wieder mit Entzücken diese liebliche Sonne, die wir in der Frühe verlassen hatten und die uns am Abende erwartete, um uns jenes Lebewohl zu sagen, das Allen, die ihr Leuchten mit den Erinnerungen ihres eigenen Herzens in Verbindung bringen, so unendlich theuer ist.

Die Nähe der großen Karthause war nicht das Einzige, was uns das Herbe des Aufenthaltes in Chalais versüßte. Am Fuße unserer steilen Berge und gerade am Eingange in das Thal von Grésivaudan lag der Flecken Voreppe, der, je nachdem wir auf den Berg hinaufstiegen oder von demselben herabkamen, unser Ausgangs- oder Endpunkt war. Hier in dem einfachen und bescheidenen Pfarrhause fehlte uns die Gastfreundschaft nie, und der Tisch seines alten Pfarrers war immer gedeckt, uns zu stärken. Weniges reichte für uns hin; allein dieß Wenige ward uns so herzlich angeboten, daß ich nie daran denke ohne Freude und ohne Dankbarkeit. Auch noch ein anderes Haus stand uns offen, und wenn wir da der Welt auch näher waren, so verschwand diese Verschiedenheit vor der gleichen Herzlichkeit der Aufnahme.

Grenoble, Chalais, Voreppe haben in meiner Erinnerung ein unauslöschliches Andenken hinterlassen. Ich habe zwar daselbst nicht wie in Nanzig einen Bruder Saint-Beauffant gefunden, allein tausend Umstände haben dieser zweiten Stiftung einen Charakter verliehen, der mich stets entzückt und meine Gedanken an sich gezogen hat.

## Zehntes Kapitel.

**Die Revolution von 1848. Wahl der constituirenden Versammlung. Rücktritt von der Versammlung.**

Das Jahr 1845 und die beiden folgenden gingen dahin, ohne daß etwas Bedeutendes vorgefallen wäre. Ich setzte meine Predigten in Paris und in der Provinz fort. Lyon, Liége und Toulon hörten mich nacheinander. Nichts ließ dem Anscheine nach die neue Revolution vorahnen, die sich unter der Oberfläche der Gesellschaft vorbereitete. Aber nicht umsonst war die Monarchie im Jahre 1830 erschüttert worden, und nicht umsonst hatte die siegreiche Bourgeoisie das Grundgesetz ihres Triumphes verkannt, indem sie die bürgerliche, die politische und die religiöse Freiheit in den engen Rahmen des Geistes und der Institutionen vom Jahre 1814 einzwängte. Ihre Vorurtheile, ihre Leidenschaften und ihre Irrthümer waren noch ungebeugt, und sie hatte in dem aus ihrem Schooße hervorgegangenen König keineswegs ein Genie gefunden, das im Stande gewesen wäre, sie über sich selber zu erheben. Keine Lücke war in die administrative Centralisation gebrochen, nirgends war dem Geiste der Association ein Zugang geöffnet, kein Antheil war den Familienvätern an der Erziehung ihrer Kinder gewährt; die Pairskammer hatte mit dem Verluste der Erblichkeit das Princip ihrer Unabhängigkeit verloren, und die zweite Kammer war nur das Ergebniß der Stimmen von dreimalhunderttausend Bürgern aus vierunddreißig Millionen, welche die Nation ausmachten. Die Rednerbühne und die Presse waren fortwährend der einzige Brennpunkt des öffentlichen Lebens geblieben, ein Alles in sich verschlingender Brennpunkt, dem weder die Provinzen noch die Gerichtshöfe, noch die Armee, noch die Kirche, noch die königliche Gewalt, weder vere'nt, noch vereinzelt für sich, ein Gegengewicht entgegen zu setzen vermochten. Frankreich war ein unglaubliches Gemisch von Despotismus und Anarchie und schwebte so zwischen zwei Gefahren, deren Tiefe es nicht ermaß. Es konnte von einem Augenblicke zum andern eine Republik voller Wirrsal oder die stille Beute eines einzigen Mannes von Intelligenz und kräftigem Willen werden.

Die Republik war es, die es zuerst an sich riß. Diese Regierungsform hat, wenn sie in den Sitten eines Volkes liegt, nichts dem Naturgesetze oder der Religion Widersprechendes in sich. Sie setzt vielmehr eine größere sittliche Kraft im Volke voraus; denn sie kann nur durch eine große Hingebung an das Gemeinwohl und durch eine große Uneigennützigkeit der höhern Beamten Bestand haben. Ist aber die Republik nicht die einer Nation natürliche Staatsform, dann ist sie nur ein Uebergang zu einer andern Staatsform. Sie findet zu ihrem Dienste und zu ihrer Repräsentation weder Consuln, noch einen Senat, noch Heerführer, noch wahre Volkscomitien. Und da ihr mit der Autorität auch der Respekt fehlt, so braucht es nur eine Intrigue oder eine Conspiration, um sie wieder in ihr Nichts zu stürzen. Rom brauchte fünf Jahrhunderte, um von Brutus bis zu Cäsar zu kommen. Die Republiken, die ich meine, haben keinen Brutus, und da reicht ein viel Geringerer als ein Cäsar hin, um als ihr Erbe sich einzudrängen.

Sei dem wie ihm wolle. Das Königthum Louis Philipps fiel am 24. Februar 1848, wie das Königthum Carls X. am 29. Julius 1830 gefallen war. Es war schwer zu entscheiden, was man zu thun hatte, weil es schwer war, zu erkennen, worin die Rettung liege. Noch einmal eine beschränkte Monarchie errichten nach diesen zwei schrecklichen Niederlagen vom Jahre 1830 und 1848 war eine Unmöglichkeit. Eine Republik zu gründen in einem Lande, das seit dreizehn oder vierzehn Jahrhunderten durch Könige regiert worden war, schien ebenso unmöglich. Allein es war zwischen den zwei Fällen der Unterschied, daß die Monarchie gefallen war und die Republik bestand. Was aber schon besteht, hat mehr Lebenshoffnung, als was zu Boden liegt; und wenn man auch nicht die Erwartung hegen konnte, die neue Regierungsform für alle Zeit fest zu begründen, so konnte man sie wenigstens ohne Umstände als ein Nothbach unterstützen und sich derselben ebenso ohne Umstände bedienen, um Frankreich einige gesetzliche Einrichtungen zu geben, deren Abgang offenbar den Sturz der beiden Throne und der beiden Dynastien verursacht hatte. Dieß war der Plan des Herrn von Tocqueville. Er war durchaus nicht Republikaner; allein der Sturz der Republik und besonders ihr sofortiger Sturz ließ ihn nichts Anderes voraussehen, als die Thronbesteigung der absoluten Gewalt.

Zwischen dieen beiden äußersten Gegensätzen mußte man wählen, und wer sich als gewandter Politiker bewähren wollte, mußte entweder für den einen oder für den andern arbeiten. Alles Uebrige war Täuschung. Dieß kann man jetzt leicht einsehen; allein Wenige erkannten dieß dazumal, und man kann sagen, der bessere Theil der Geister lief einem fernen Phantom nach, das ihm die Rückkehr der beschränkten Monarchie am Ende der Republik zeigte. Für die Einen waren es die Bourbonen, für die Andern waren es die Orleans, für die Gescheidtesten war es die Wiederversöhnung der beiden großen Linien des Capetingischen Hauses. Allein diese zwei Linien sahen es nicht ein, daß ihre Trennung auch ihre Schwäche verursacht hatte, oder wenn sie es auch einsahen, so hatten sie doch den Muth nicht, sich wieder gegenseitig zu nähern, und der Stern der Capetinger konnte am politischen Horizont den Glanz seines Lichtes und die Macht seiner Einheit nicht wieder erlangen.

Ich selbst war sehr unentschlossen. Seit meiner Jugendzeit Anhänger der constitutionellen Monarchie, hatte ich alle meine Wünsche und alle meine Hoffnungen in das eine Verlangen zusammengefaßt, dieselbe bei uns festbegründet zu sehen. Ich haßte weder das Haus Bourbon noch das Haus Orleans; ich hatte in ihnen nur die Aussichten ins Auge gefaßt, die sie für die liberale Zukunft des Landes boten, vollkommen bereit, für die Erstern einzustehen, wenn ihnen die Verfassung vom Jahre 1814 heilig gewesen wäre; bereit auch, zu den Zweiten zu halten, wenn die Verfassung von 1830 von ihnen ihre naturgemäße Entwicklung erlangt hätte. Vorausgesetzt, daß sich diese zwei großen Linien vereint hätten, um endlich einmal Frankreich eine Monarchie zu geben, die auf freien, nicht sich selber widersprechenden Institutionen festgegründet wäre, so würde Niemand derselben ergebener gewesen sein, als ich.

Allein dieß Alles war nur ein Traum, sowohl was die Gegenwart als auch was die Vergangenheit betraf. Da ich stets ein Mann der Grundsätze, nie der Parteien gewesen war, hatten immer nur die Thatsachen und nie die Personen mein Denken bestimmt. Ist es nun auch leicht, einer beliebigen Partei zu folgen, so bleibt es doch immer schwer, Grundsätzen zu folgen, über deren Anwendung man sich nicht klar geworden. Als Liberaler und Constitutioneller begriff ich mich ganz gut, als Republikaner begriff ich mich nicht ebenso. Und dennoch mußte ich mich entscheiden.

Während ich mit mir selber die Sache überlegte, klopften **Abbé Maret** und **Friedrich Ozanam** an meine Thüre. Sie wollten mir sagen: Verwirrung und Rathlosigkeit habe sich der Katholiken bemächtiget, die Fahnen, um die man sich schaaren sollte, hätten sich in einer Verwirrung verloren, die noch unheilbar werden, das neue Regiment gegen uns feindlich stimmen und all' unsere Hoffnung vernichten könne, von demselben die Freiheiten zu erlangen, welche die frühere Regierung uns hartnäckig versagt hatte. „Die Republik ist gegen uns wohlgesinnt," sagten sie, „wir haben ihr keinen Act der Gottlosigkeit und Barbarei vorzuwerfen, wie solche die Revolution von 1830 gekennzeichnet haben. Sie vertraut uns, sie hofft auf uns: sollen wir sie entmuthigen? Was sollen wir thun? Welcher Partei uns anschließen? Was haben wir vor uns als Ruinen? Und ist nicht die Republik die natürliche Regierungsform einer Gesellschaft, die alle ihre Anker und ihre Traditionen verloren hat?"

Meine zwei Rathgeber fügten diesen von den Umständen hergenommenen Gründen noch höhere und allgemeinere

Gesichtspunkte bei, die sich aus der Zukunft der europäischen Gesellschaft und aus der thatsächlichen Ohnmacht der Monarchie ergaben, in ihr je wieder die Grundlagen eines festen Bestandes zu gewinnen. Ich ging in dieser Hinsicht nicht so weit als sie. Die beschränkte Monarchie erschien mir immer trotz ihrer Mängel als die erwünschteste Regierungsform, und ich sah in der Republik nur eine momentane Nothwendigkeit, die man aufrichtig hinnehmen mußte, bis die Dinge und die Ideen von selbst wieder einen andern Lauf genommen hätten. Diese Divergenz war tiefgehend und ließ kein gemeinsames Vorgehen unter einer und derselben Fahne zu. Indessen war Gefahr auf Verzug, und man mußte entweder in einem so feierlichen Augenblicke aller Wirksamkeit entsagen, oder aber frei sein Panier erheben und der bis in ihre Grundlagen erschütterten Gesellschaft mit dem Maße von Einsicht und Thatkraft zu Hülfe kommen, das einem Jeden zu Gebote stand. Bisher hatte ich bei allen öffentlichen Begebenheiten eine klare Stellung eingenommen; sollte ich jetzt, weil die Schwierigkeiten weit ernsterer Art waren, in der Selbstsucht eines verzagten Schweigens meine Zuflucht suchen?

Ich konnte mir allerdings selbst einreden, ich sei ein Ordensmann, und konnte mich hinter meinem Ordensgewande wie hinter einem Schilde verstecken. Allein ich war streitbarer Ordensmann, Prediger, Schriftsteller, erfreute mich eines Zutrauens, das mir andere Verpflichtungen auferlegte, als die eines Trappisten oder Karthäusers. Diese Erwägungen lasteten schwer auf meinem Gewissen. Aufgefordert durch die Stimmen meiner Freunde, gedrängt durch dieselben, gab ich der Gewalt der Umstände nach, und obgleich es mir widerstrebte, die Laufbahn des Jour=

nalisten wieder zu betreten, pflanzte ich mit denjenigen, welche sich mir anboten, ein Panier auf, in dessen Falten die Religion, die Republik und die Freiheit sich in einander schlangen. Wir konnten eine Weile glauben, es werde nicht ohne Gefolge bleiben. Montalembert weigerte sich nicht, mit uns zu schreiben, und er gab sogar zu erkennen, daß es sein Wunsch sei. Der „Univers", welcher in den letzten Jahren das Hauptorgan der liberalen Katholiken gewesen, sprach eine Zeit lang wie meine „neue Aera." Ein allgemeines Vorgefühl schien alle Geister zu warnen, daß jenseits der Republik ein Abgrund sich öffne. Und gewiß, wenn sie bessere Häupter gehabt hätte, so wäre ihr Schicksal ein ganz anderes gewesen, als es wirklich war. Ihr Loos mußte nun abhangen von ihrem Verhalten gegenüber der constituirenden Versammlung, welche ihr das allgemeine Wahlrecht als ihre Repräsentantin zu geben im Begriffe war.

Sieben oder acht Wahlcollegien brachten mich in Vorschlag, ohne daß ich um ihre Stimme geworben hätte. In Paris selbst ließ mich das Comité meines Wahlbezirkes ersuchen, ich möchte in zwei öffentlichen Versammlungen erscheinen, zur Beantwortung der Fragen, die man an mich stellen würde in Betreff meiner Candidatur, welche von den Einen angenommen, von den Andern verworfen wurde. Ich erschien wirklich im großen Amphitheater der medizinischen Schule und im großen Saale der Sorbonne. Und in diesen beiden Versammlungen erklärte ich freimüthig, ich sei nicht, wie man es damals nannte, ein „Republikaner vom Tag zuvor", sondern ein einfacher „Republikaner vom Tag hernach." Ich hatte sehr großen Erfolg in der medizinischen Schule. Man hinderte die Wiederholung desselben in der Sorbonne durch Geschrei und Lärm von Außen. Ich erhielt eine große Zahl Stimmen in den verschiedenen Wahlcollegien, wo mein Name vorgeschlagen war; aber nicht Paris, sondern Marseille verschaffte mir die Ehre, in der constituirenden Versammlung zu sitzen. Ich nahm meinen Platz am obern Ende der ersten Abtheilung der linken Seite. Dieß war unstreitig ein Fehler; denn ich war noch ein zu junger Republikaner, als daß ich eine so entschiedene Stellung einnehmen durfte, und die Republik selber war noch zu jung, als daß ich ihr ein so auffallendes Zeichen meiner Angehörigkeit geben konnte. Was die Person des Fürsten in einer Monarchie ist, das ist die Nationalversammlung in einer Republik. Die Hochachtung und die Liebe zum römischen Senate war es, was Rom republikanisch gemacht hatte, so wie es die Hochachtung und Liebe zum englischen Parlamente war, was die britische Freiheit geschaffen hat. An dem Tage also, an welchem Frankreich seine durch allgemeines Stimmrecht freigewählte Nationalversammlung tagen sah, hätten die Republikaner mehr als alle Andern einsehen sollen, daß der glückliche Ausgang ihres Werkes auf der unantastbaren Majestät dieser Versammlung, auf der Ruhe ihrer Berathungen und auf ihrer königlichen Unverletzbarkeit beruhe. Es war aber nicht so. Schon am 15. Mai 1848, nur einige Tage nach der feierlichen Eröffnung der constituirenden Versammlung überfiel eine verblendete Menge den Versammlungssaal, und wir blieben drei Stunden lang ohne Schutz gegen die Schmach eines Auftrittes, in dem zwar kein Blut floß, wo vielleicht die Gefahr eben nicht groß war, wo aber das Ehrgefühl um so empfindlicher verletzt wurde. Das Volk — wenn es das Volk war —

hatte seine Vertreter beschimpft zu keinem andern Zwecke, als um ihnen in Erinnerung zu bringen, daß sie seiner Willkür preisgegeben seien. Das Volk hatte zwar der Versammlung nicht wie einst dem gesalbten Haupte Ludwigs XVI. eine rothe Mütze aufgesetzt, allein es hatte ihr die Krone vom Haupte gerissen und sich selber — ob es nun das Volk war oder nicht — seine eigene Würde geraubt. Während dieser langen Stunden hatte ich nur einen **einzigen** Gedanken, der jede Minute wiederkehrte in dem eintönigen nicht zu beschwichtigenden Worte: „**Die Republik ist verloren.**"

Unter der erdrückenden Macht dieser Ueberzeugung konnte ich nicht mehr an dem Platze bleiben, den ich gewählt hatte, und ich konnte ebenso wenig einen andern einnehmen; denn ein anderer hätte mich der monarchischen Partei näher gerückt, oder hätte mich in den Fesseln der republikanischen Solidarität festgehalten. Die Macht der Umstände nöthigte mich abzudanken, so schwer mich dieser Entschluß auch ankam. Nie, in keiner Zeitlage war mir die Volksgunst auffallender zu Theil geworden; durch diesen Schritt mußte ich sie nothwendig zum größten Theil verlieren. Man mußte mich der Unbeständigkeit, der politischen Unfähigkeit und selbst des Mangels an Muth anklagen; allein ich fand in meinem Gewissen einen Ersatz für diesen Verlust. Man muß im Stande sein, in den Augen der Menschen herabzusteigen, um sich zu erheben vor Gott.

Einige Wochen nachdem ich meine Entlassung bei der constituirenden Versammlung eingereicht hatte, sagte ich mich in gleicher Weise auch von der Zeitschrift „**die neue Aera**" los, deren Redaktion ich dem Abbé Maret überließ.

## Elftes Kapitel.

**Dritte Klosterstiftung zu Flavigny in Burgund. Vierte Stiftung in Paris. Das Gesetz über die Freiheit des Unterrichts. Der Staatsstreich vom Jahre 1851.**

Ich war nun wieder bei meinen gewöhnlichen Arbeiten, oder vielmehr, ich hatte dieselben nie unterbrochen. Zwei Tage nach dem 24. Februar 1848 hatte ich die Kanzel von Notre-Dame wieder bestiegen, und wenn mich mein Gedächtniß nicht täuscht, so war dieß das erste Mal, wo man mir trotz der Heiligkeit des Ortes Beifall klatschte. Ein Theil des darauffolgenden Winters war der Kathedrale von Dijon gewidmet, wo ich mich mit Entzücken von den Freunden und Erinnerungen meiner Jugend umgeben sah. Da sah ich wieder die herrlichen Thürme, die Heinrich IV. so bewunderte, die breiten und reinlichen Straßen, geschmückt mit einer großen Anzahl von Palästen aus dem sechzehnten und siebenzehnten Jahrhundert, den Thurm und den Palast der Herzoge von Burgund, den von Le Nôtre auf Befehl des Prinzen Condé entworfenen Park und diesen großartigen Gürtel von Bergen und Hügeln, wo der Weinstock von Burgund seine edeln Reben auszubreiten beginnt. Dieser Anblick hat mich allezeit gerührt, und nirgend in der Welt athme ich eine Luft, die mich so tief fühlen läßt, was Vaterland heißt.

Fünfzehn Meilen von Dijon, gegen Nordwest auf einer Anhöhe, an deren Fuß mehrere Thäler zusammenstoßen, und von der aus man den Gipfel mit dem alten Alesia, dem letzten Bollwerk der Freiheit der Gallier, sehen kann, erhebt sich auf einem Vorgebirge die kleine Stadt Flavigny. Flavigny hatte ehedem eine Benediktiner-Abtei, eine Collegiatkirche für Canoniker, ein herrschaftliches Schloß, und zur Zeit der Liga hatte das Parlament von Burgund daselbst seinen Sitz. All' dieser Glanz bestand nicht mehr. Die Abteikirche war zerstört, die Collegiatkirche in eine Pfarrkirche umgewandelt, und das Schloß in ein einfaches Pensionat der Ursulinerinnen umgestaltet worden.

Unter diesen Resten einer erloschenen Herrlichkeit gewahrte man auf einer Terrasse ein bescheidenes Gebäude, das ehedem als kleines Seminar für die Diöcese Dijon verwendet worden war. Einige Geistliche dieser Diöcese hatten es in dankbarer Erinnerung an ihre Jugendzeit aus frommem Sinne angekauft und warteten auf eine Gelegenheit, es auf's Neue einem religiösen Zwecke zu weihen. Sie boten es mir an, und nachdem ich mich mit Herrn Rivet, dem Bischof von Dijon, besprochen hatte, übernahm ich es von ihnen unter Bedingungen, die von ihrer Uneigennützigkeit ein ehrendes Zeugniß geben. Seit dem Jahre 1845 war unser Kloster zu Chalais zum Noviziat erhoben worden, und ich hatte seitdem aufgehört, die Postulanten, die sich für den Eintritt in unsern Orden meldeten, nach Bosco zu schicken. Wir ließen daselbst nur mehr die Ueberreste des armen Bruders Piel, eines der ersten meiner Genossen, der uns gegen das Ende des Jahres 1842 gestorben war. Obgleich das Klima von

Flavigny ziemlich rauh war, so war es doch noch milder als das von Chalais, und ich brachte nun unsere jungen Novizen dahin, indem ich den Berg in der Dauphiné nur mehr zum Aufenthaltsort für unsere Studenten bestimmte.

Die Anfänge von Flavigny waren sehr ärmlich. Ich erinnere mich, daß wir in den ersten Tagen nicht mehr als sieben Stühle im ganzen Hause hatten. Jeder trug den seinigen überall hin, wo er sich hin begab, von der Zelle in's Refectorium, vom Refectorium in den Recreationssaal u. s. w. Aber dieser Nothstand dauerte nicht lange. Es bildete sich zu Dijon ein Comité von Geistlichen und Laien unter dem Vorsitze des Bischofs, um uns einige Hülfsquellen zu sichern. Und in der That verdankten wir diesem Comité seit mehreren Jahren eine liebende Fürsorge, wie wir sie in dieser Weise noch nirgend erfahren haben.

Bis auf diese Zeit war uns indessen Paris verschlossen geblieben. Im Jahre 1845 hatte ich versucht, daselbst eine Wohnstätte zu gründen, in der ich mich mit einem einzigen Ordensgenossen sechs Monate lang aufhielt. Wir hatten zu diesem Zwecke ein kleines Haus nicht weit vom Seminar Saint-Sulpice gemiethet. Dieser Versuch ward aufgegeben wegen des Unvermögens, das zur Klosterstiftung in der Hauptstadt Nothwendige aufzubringen. Allein die Vorsehung sorgte hiefür in einer Weise, wie wir es gar nicht erwarteten. Bischof Affre hatte vor seinem glorreichen Tode auf den Barrikaden den Gedanken gefaßt, im alten Kloster der Karmeliten, auf dem nämlichen Platze, wo die Mordgräuel vom 2. September 1792 stattgehabt hatten, eine Schule für höhere kirchliche Stubien und zugleich eine Corporation von Hülfspriestern zu gründen, welche an der Kirche den Gottesdienst halten sollten. Nach seinem Tode bot mir Herr Sibour, sein Nachfolger, die Kirche sammt einem Theile des Klosters an. Es war dieß allerdings eine prekäre Stellung, da sie nur durch Pachtverträge, welche erneuert werden konnten, gesichert war; allein weil es für den Erzbischof von Paris eine Gewissenspflicht war, daselbst eine Corporation von Priestern oder von Ordensmännern anzusiedeln, so nahm ich das Anerbieten des Herrn Sibour an und nahm Besitz davon am 15. Oktober 1849.

Man stand damals am Vorabende eines der größten politischen und religiösen Ereignisse, das seit dem Edikt von Nantes sich begeben hatte. Die Revolution hatte nämlich einem ansehnlichen Theil der französischen Bourgeoisie die Augen geöffnet, und diese war zu der Einsicht gekommen, dreimalhunderttausend gebildete Männer seien nicht im Stande, eine Nation von vierunddreißig Millionen zu regieren, wenn diese nicht von oben herab vorbereitet ist durch Gesetze, die das Gewissen verbinden und in ihm mit der Ehrfurcht vor Gott auch Ehrfurcht vor den Menschen selbst erwecken. Diese Einsicht kam spät; allein sie war jetzt doch gekommen, und sie gestattete dem Grafen Falloux, dem Minister des öffentlichen Unterrichtes und des Cultus, der gesetzgebenden Versammlung einen Gesetzesentwurf bezüglich der Freiheit des Unterrichtes vorzulegen.

Dieser Entwurf war von einer Commission ausgearbeitet worden, die er selbst ernannt hatte, und die schon durch ihre Zusammensetzung allein von dem Fortschritt der Geister Zeugniß gab. Da sah man Montalembert neben Cousin, den Abbé Dupanloup neben Thiers, Laurentie gegenüber von Dubois, die katholischen Namen untermengt mit Namen der Universitätsmitglieder und einen ganzen Kreis von ehrenhaften Männern, die aber weit von einander entfernt gewesen waren, ehe sie so zusammentrafen, zum deutlichen Beweise, daß Vernunft, gesundes Denken und Billigkeit endlich einmal an die Lösung dieser höchsten Frage gingen. Und in der That gelangten diese nach Geburt und Glauben so verschiedenen Männer zu einem Einverständniß über das Princip und die Normen der Freiheit des Unterrichtes, ohne selbst die religiösen Orden von der Wohlthat dieses Gesetzes auszunehmen, und das Gesetz wurde mit großer Majorität angenommen am 15. März 1850, nachdem Frankreich vierzig Jahre lang unter dem Monopol des Laienunterrichtes geseufzet hatte. Die Revolutionen waren nothwendig gewesen, um diese Sklavenketten zu brechen, wie im sechzehnten Jahrhundert sechsunddreißig Jahre lang Bürger- und Religionskriege nothwendig gewesen waren, um zu dem Toleranz-Edikte zu gelangen, das Heinrich dem Vierten zu noch größerem Ruhme gereichte, als seine Siege.

Das Gesetz der Freiheit des Unterrichtes war das Edikt von Nantes des neunzehnten Jahrhunderts. Es hat der härtesten Unterdrückung der Gewissen ein Ende gemacht, hat einen gesetzmäßigen Wettkampf begründet zwischen denen, die sich dem erhabenen Werke der Erziehung und des Unterrichtes widmen, und hat Allen, die einen aufrichtigen Glauben haben, das Mittel in die Hand gegeben, diesen rein und unversehrt den Nachkommen zu überliefern. Der Glaube ist nicht ein Gefühl ohne Bedürfniß der Mittheilung, nicht eine Art verborgenen, geizig gehüteten Schatzes, den man für sich bewahrt im geheimsten Schlupfwinkel seines Herzens. Er ist im Gegentheile das tiefste und mittheilsamste unter den Gefühlen des Menschen. Ihn in sein Inneres zurückdrängen, seine Kinder des Erbrechtes darauf berauben, ihn zwingen, sie einem frühzeitigen Unglauben zu überantworten — ist das nicht eine Marterpein gegen die Natur, die alle Marterpeinen übertrifft, welche die Tyrannen gegen ihre Schlachtopfer erfunden haben? — Wenn man nun bedenkt, daß diese Marter in einem katholischen Lande katholischen Familien auferlegt wurde, so kann man nur staunen über die unerklärliche Geduld eines großen Volkes und zugleich die Hand Gottes bewundern, die drei Dynastien nach einander stürzen ließ, um endlich Herrn Thiers dahin zu bringen, daß er von hoher Rednerbühne herab diese Freiheit vertheidigte, die er uns ehedem verweigert hatte mit den Worten: „**Wer die Erziehung hat, hat die Herrschaft!**" (L'éducation c'est l'empire.)

Ja, wer die Erziehung hat, hat die Herrschaft; aber wenn das Monopol nicht mehr besteht, wenn die Concurrenz Allen offen steht, Gläubigen und Ungläubigen, dann hat in ihr die Herrschaft der Würdigste, der Aufopferndste. Und weil hier auf Erden allezeit ein Kampf sein muß zwischen dem Guten und dem Schlechten, zwischen dem Irrthum und der Wahrheit, was ist gerechter, als ihnen zuzurufen: „Kämpfet, und es herrsche, wer kann!" Wie das Edikt von Nantes ein ganzes Jahrhundert lang die Ehre Frankreichs und das fruchtbare Princip der geistigen und sittlichen Erhebung seiner Kirche war, ebenso wird das Gesetz über die Freiheit des Unterrichtes der geheiligte Grenzstein sein, an dem unsere verschiedenen Ansichten, anstatt sich in Haß und Unterdrückung aufzulösen, nur mehr einen rechtmäßigen Krieg gegen einander führen werden, aus welchem der naturgemäße Fortschritt der Gesellschaft hervorgehen wird. Sollte eine verwegene Hand, wie mächtig sie auch sein mag, es einst wagen, diesen Grenzstein anzutasten, der nach gemeinsamer Uebereinkunft mitten in unseren Zwistigkeiten und Umwälzungen gesetzt wurde; so möge sie wohl bedenken, daß Ludwig XIV. in all' seiner Glorie das Edikt von Nantes nicht widerrufen konnte, ohne seine Regierung zu entehren, und ohne das achtzehnte Jahrhundert und den Sturz seines Hauses vorzubereiten. Es gibt Thatsachen in der Geschichte der Völker, die man auf sich beruhen lassen muß. Das Edikt von Nantes war eine solche.

Werfen wir jetzt einen Blick zurück auf die Jahre von 1830 bis 1850, so sehen wir da ein Schauspiel, das wohl werth ist, daß man darüber nachdenkt. Was wollten wir und die Zeitschrift „Avenir"? Folgende Hauptpunkte: die Freiheit des Unterrichts, die Wiedereinführung der religiösen Orden, das Abhalten der Provincialconcilien und endlich die Wiederversöhnung der Kirche Frankreichs mit allem Aufrichtigen und mit allem Edelsinnigen, das sich auf Seite ihrer Feinde fand. Nun waren alle diese Errungenschaften damals gesichert, und sie bestehen noch heutzutage trotz der zahllosen Fehler und der Rückkehr so vieler Katholiken zu den extremsten Lehrmeinungen. Die Annäherung, die stattgehabt hatte, ist noch nicht aufgehoben, und man vernimmt noch täglich, wie die Sache des römischen Papstthums mit großer Beredsamkeit durch

Stimmen vertheidiget wird, welchen man bei ähnlichen Anlässen zu begegnen nicht gewohnt war. Lamennais war noch am Leben, und von seinem Sitze in der gesetzgebenden Versammlung herab konnte er die Erfüllung der Wünsche, die er gehegt, und der Lehren, deren erster Verkünder er gewesen, mit eigenen Augen schauen. Was aber für Alle eine Freude war, das war für ihn nur eine Bitterkeit. Er war ähnlich einem Triumphator, der, ehe er das Capitolium erreicht hat, freiwillig von seinem Triumphwagen herabsteigt und von Ferne ihn leer und leblos hinfahren sieht unter den Siegestrophäen und den Zurufen des Volkes. Ich weiß nicht, ob damals Jemand diese Vergleichung gemacht hat, aber nie erschien mir der Fall meines unglücklichen Meisters tiefer, niemals sichtbarer mit dem Siegel dessen bezeichnet, was die Schrift den „zweiten Tod" nennt. Was hätte es denn Lamennais gekostet, um in dieser Zeit in unsern Reihen zu stehen? Ein wenig Geduld, Schweigen und Glauben, das Zugeständniß seines ersten Falles und auf dem Grunde dieser himmlischen Gesinnung eine natürliche Treue gegen seine Freunde.

Ein anderes Ereigniß zögerte nicht, an's Tageslicht zu treten. Am 2. Dezember 1851 beschloß die Republik ihr Dasein und ein neues Kaiserreich begann. Ich begriff, daß ich selbst in meinem Denken, in meinem Reden, in meiner Vergangenheit und in der mir noch beschiedenen Zukunft auch zu den Freiheiten gehörte, und daß meine Stunde gekommen sei, mit den andern Freiheiten zu verschwinden. Viele Katholiken schlugen einen andern Weg ein, sagten sich los von Allem, was sie gesprochen und gethan, und warfen sich mit Inbrunst der absoluten Gewalt in die Arme. Dieses Schisma, das ich hier gerade nicht Apostasie nennen will, war für mich immer ein großes Geheimniß und ein großer Schmerz. Die Geschichte wird lehren, welches der Lohn dafür gewesen.

## Verzeichniß der Kapitel.[1]

Seite

**Erstes Kapitel.**

Die ersten Lebensjahre. Eltern und Geschwister. Rechtsschule. Seminar . . . . . . . . . 1

**Zweites Kapitel.**

Abbé de Lamennais und die Zeitschrift „Avenir" . 22

**Drittes Kapitel.**

Reise nach Rom. Zwistigkeiten und Trennung . . 33

**Viertes Kapitel.**

Conferenzen im Stanislas-Collegium und in Notre-Dame in Paris . . . . . . . . 46

**Fünftes Kapitel.**

Aufenthalt in Rom. Mein Entschluß, den Prediger-Orden in Frankreich wieder herzustellen . . . 56

**Sechstes Kapitel.**

Anfang der Ausführung des Planes. Das Noviziat im Kloster la Quercia. Aufenthalt im Kloster zur heiligen Sabina . . . . . . . . . 72

---

[1] Dieses Verzeichniß der Kapitel war von P. Lacordaire diktirt worden, ehe er seinen Bericht begann, mit welchem er nur bis zum zwölften Kapitel gelangte.

Seite

### Siebentes Kapitel.

Feierliche Einführung des Ordens in Notre=Dame zu Paris. Rückkehr nach Rom. Ungnade und Zerstreuung . . . . . . . . . . 79

### Achtes Kapitel.

Predigten zu Bordeaux und in Nanzig. Der Bruder Saint=Beaussant. Erste Stiftung in Nanzig . . 83

### Neuntes Kapitel.

Wiedereröffnung der Conferenzen in Notre=Dame zu Paris. Stand der Geister und der Verhältnisse in diesem Momente. Zweite Klosterstiftung zu Chalais bei Grenoble . . . . . . . . . . 87

### Zehntes Kapitel.

Die Revolution von 1848. Wahl der constituirenden Versammlung. Rücktritt von der Versammlung . 100

### Elftes Kapitel.

Dritte Klosterstiftung zu Flavigny in Burgund. Vierte Stiftung in Paris. Das Gesetz über die Unterrichts=Freiheit. Der Staatsstreich vom Jahre 1851 109

### Zwölftes Kapitel.

Gründung des dritten Lehrordens des heiligen Dominikus. Fünfte Klosterstiftung zu Toulouse. Conferenzen in Toulouse. Die Schule zu Sorèze.

### Dreizehntes Kapitel.

Zwistigkeiten im Schooße der Provinz. Das erste Provincialkapitel im Jahre 1854.

### Vierzehntes Kapitel.

Das Provincialkapitel vom Jahre 1858. Wiedererwählung zum Provincialat. Gründung des Klosters zu St. Maximin. Bordeaux und Dijon.

### Fünfzehntes Kapitel.

Wahl in die französische Akademie. Zurücktritt und Schluß.